Nadine Koch, geboren 1976, kam über Umwege zum Schreiben. Zuerst wollte sie Stewardess werden, dann Tierärztin, dann Psychologin und hatte schließlich einen Ausbildungsvertrag zur Zahntechnikerin in der Tasche. Aus Angst vor einem Buckel studierte sie schließlich Kommunikation und BWL. Inzwischen lebt sie mit einem Mann, zwei Kindern und drei Meerschweinchen in Köln. Schon seit Kindheitstagen schreibt sie Anfänge von Geschichten, die über die Jahre in verschiedenen Schubladen gelandet sind. Aus dieser Tatsache entstand ihre Internetseite **www.schubladengeschichten.de**.

Dreizwei…heinz ist ihr zweiter, zu Ende geschriebener Roman. Yeah!

Nadine Koch

Dreizwei…heinz

Bibliografische Information der Deutschen Nationalbibliothek: Die Deutsche Nationalbibliothek verzeich-
net diese Publikation in der Deutschen Nationalbi-
bliografie; detaillierte bibliografische Daten sind im
Internet über http://dnb.dnb.de abrufbar.

© 2019 Nadine Koch
Herstellung und Verlag:
BoD - Books on Demand, Norderstedt

ISBN: 978-3-74812-575-4

Das meiste, was wir suchen,

finden wir in uns selbst.

Norbert Stoffel

1

Eine Ameise.

Zwei Ameisen.

Drei Ameisen.

Vier.

Fünf.

Sechs.

Hoch zwei.

Zwölf.

Plus nochmal drei.

Fünfzehn.

Daneben ein separierter Haufen, der sich viel weiter rechts befindet und übertrieben gestikuliert.

Bei den einzelnen Ameisen ist das anders. Keiner hat mit keinem was zu tun und alle laufen irgendwie aneinander vorbei.

Stumm.

Normal.

Dann noch ein ganzer Ameisenhaufen, der gemütlich und rauchend beisammen steht.

Vielleicht auf dem Weg ins Kino und schnell vorher noch eine Kippe.

Vielleicht Mittagspause.

Eine dumpfe Geräuschsoße verbindet alles mit allem und miteinander und doch bleibt es irgendwie weit weg.

Ich gehöre nicht mehr dazu.

Ich bin ja jetzt hier.

Meine Füße tun mir so langsam weh.

Hätte mir jemand vorher gesagt, das mit so etwas zu rechnen ist, hätte ich mir Socken angezogen. Wobei ich nicht mal genau sagen kann, ob es an der Temperatur liegt oder an der Kante der Glasscheibe, auf der ich stehe und die sich immer tiefer in meine Fußsohlen bohrt. Meine Flip Flops hatte ich vorhin ordentlich vor der Glasscheibe abgestellt, um einen besseren Halt auf der Kante zu haben.

Ich habe an vieles gedacht, heute morgen, wollte alles richtig machen, alles perfekt vorbereiten. Alexa heute morgen nach der Temperatur zu fragen, das ist mir wohl durchgegangen, ich habe es schlicht vergessen. Vielleicht aus Zeitmangel. Wobei ich natürlich nicht zu einem bestimmten Zeitpunkt hatte hier sein müssen, es hat keine Terminierung.

Meine Finger tun inzwischen auch weh, was verständlich ist, weil sie sich schon seit geraumer Zeit in einer unnatürlich, festhaltenden Position befinden.

Halt.

Stop.

Warte noch, sagen sie vielleicht.

Ich frage mich, warum noch niemand hier war, wo ist der Prinz, der mich rettet? Oder der Taxifahrer. Oder irgendjemand anders.

Gut, dass Restaurant öffnet erst am frühen Abend, klar also, dass noch niemand hier ist, kein Personal und auch keine Gäste. Aber wo ist denn das Putzpersonal, dass mich eben, auf meinem Weg hierhin, so ganz selbstverständlich einfach reingelassen hat, fröhlich nickte und etwas in einer Sprache brabbelte, die ich nicht verstand. Ich hätte nicht gedacht, dass es so einfach sein würde, dass ich ungehindert hierher kommen konnte, vielleicht hatte ein Teil von mir auch insgeheim gehofft, dass mich irgendjemand oder irgendetwas aufhalten würde, was nicht geschehen war.

Aber dann sollte es wohl so sein. Ich sollte also hier sein und ein Teil meiner Zweifel hatten sich damit zerschlagen.

Irgendwie schwanke ich etwas, vielleicht wegen dem Schmerz in den Füßen oder der Körper hat das Bedürfnis, aus dieser steifen Position auszusteigen oder er will einfach weg, weil er nicht will was ich will.

Plötzlich habe ich etwas Angst, das Gleichgewicht zu verlieren. Das wäre blöd. Ich möchte nicht, dass eine unkontrollierte Reaktion meines Körpers mir die Chance auf freien Willen nimmt.

Freier Wille.

Mit pulsierender Wucht hallen die Worte in meinem Kopf nach.

Freier Wille.

Free Willy.

Willy will's wissen.

Weiß ich, was ich tue beziehungsweise gerade im Begriff bin zu tun? Ja. Aber…

Bin ich mir sicher?

Wieder taumele ich etwas und bin mir nicht sicher, ob ein Windstoß, den ich nicht bemerkt habe, das Taumeln verursacht hat oder mir mein Körper wieder mal deutlich Signale sendet. Wie damals, vor drei Jahren, mein Herz, das meinem Verstand Dinge zeigen wollte, die in meinem

Kopf nicht klar waren oder die ich nicht klar haben wollte.

Also was ist das jetzt?

Bin ich ein Wackelkandidat?

Wackeldackel?

Wankelmütig?

Mutig schaue ich an meinen verkrampften Füßen vorbei in die Tiefe. Wie lange es wohl dauern wird.

30 Etagen.

Ein ziemlich langer Weg nach unten.

2

Die Kardiologin hatte mir seinerzeit im Anschluss an die Untersuchungen eine eindeutige Tabelle gezeigt. Auf der x-Achse stand das Alter, auf der y-Achse die statistische errechnete Häufigkeit von Herzinfarkten bei Frauen zwischen 40 und 70. Ich war damals 36, also statisch noch gar nicht erfasst.

Mein Herz schien das nicht zu wissen und stolperte weiter nervös vor sich hin, völlig unbeeindruckt jedweder realistischer Darstellung in der vorliegenden, laminierten Tabelle.

„Ich rate Ihnen zu kognitiver Verhaltenstherapie."

Ich hatte mit allem gerechnet. Die Nacht vorher kaum geschlafen, aus Angst vor der Diagnose. Leichte Panikattacken und ein Herz, das unregelmäßig und Hilfe suchend an meinen Brustkorb geschlagen hatte.

„Schönen Tag noch."

Und jetzt das.

Ehe ich etwas sagen konnte, fragen konnte, was sie meinte und was denn mit meinem Herzen los war, welche Medikamente ich nehmen konnte, war die Kardiologin mit wehendem Kittel an mir vorbei gerauscht. Wir waren jetzt anscheinend fertig. Und ich blieb ratlos im Besprechungszimmer sitzen und wartete nach wie vor auf meinen Herzinfarkt.

Was sollte ich denn jetzt bloß tun?

3

Ich war erstmal krank geschrieben und heulte mich durch den Dezember. Ich kaufte wahllos Weihnachtsdekoration, obwohl ich eigentlich schon alles hatte und mir an Materiellem nichts fehlte. Ich stopfte mein Haus mit unzähligen Lichterketten voll, weil es draußen so schrecklich dunkel war. Überall war irgendwas, was leuchtete. Es wurde Licht, irgendwie, zumindest im Haus. Und trotzdem blieb es in mir dunkel. Meine Familie war während der furchtbaren Wochen den halben Tag nicht zu Hause und ich war nicht in der Lage, das Haus zu verlassen. Das alleine sein tat mir nicht gut und gleichzeitig konnte ich nichts anderes. Ich wollte niemanden sehen, sagte alle Weihnachtsfeiern ab.

Las nichts.

Schrieb nichts.

Telefonierte nicht.

Fühlte nichts.

Aß fast nichts.

Ich überlebte bloß.

Jeden Tag aufs Neue.

Trotz der Panikattacken, die unkontrolliert über mir hereinbrachen und kaum auszuhalten waren. Jede einzelne fühlte sich an, als würde sie mich von innen heraus auseinander reißen. Mein Körper hatte sich verselbstständigt. Ich war nicht mehr Herr im eigenen Haus. Ich fühlte mich schwach. Versagend. Ich versuchte die Ursache zu finden.

Und fand nichts.

„Du musst halt damit leben, dass das jetzt so ist, du kannst es doch nicht ändern," hatte Heinz gesagt.

Ich hörte seine Worte und konnte es nicht akzeptieren. Es machte mich wütend. Damit konnte man nicht leben, weil es das Leben verhinderte. Es machte ängstlich, es sperrte ein, es machte unsicher.

Das Gegenteil von Leben.

Irgendwie.

Zustand des dem ausgeliefert sein.

Hilflos.

Hilfe!

Ich brauchte Hilfe.

„Kannst du nicht wenigstens die Brotdosen für die Kinder fertig machen, wenn du schon faul zu Hause rumhängst?"

Ich hatte mich an diesem Morgen, als Heinz das zu mir gesagt hatte, mit der letzten Kraft nach unten geschleppt. Weil ich der Meinung war, ich müsse doch aufstehen, mich um die Familie kümmern, dagegen angehen. Wenn ich liegenbleiben würde, hätte es gewonnen.

ES.

Hätte ich die Kraft gehabt, ich hätte in am liebsten für seine Worte geohrfeigt.

Hätte er mich doch gesehen, mich angesehen, an diesem Morgen…

Ich war schon froh, wenn ich es schaffen würde zu leben. Leben.

Wieso konnte er nicht einfach in der Stille und Dunkelheit die Brote fertig machen?

4

Der Apfel leuchtete.

Schneeweiß.

Das Licht wirkte etwas hell und unnatürlich. Kalt.

Drumherum ein Rechteck, blank und gräulich. Wie eine Mauer. Eher ein Mäuerchen oder eher ein Stein einer Mauer. In jedem Fall eine Abtrennung.

Das drumherum etwas was wirkte wie ein schlecht ausgeführter Scherenschnitt.

Nicht komplett schwarz, weil die Rückseite des Apfels noch heller leuchtete und das dahinter anleuchtete und etwas künstlich wirken ließ.

Nur die Ränder waren schwarz und verschwammen unmerklich mit dem Schwarz des Zimmers.

Der Apfel leuchtete dort, wo das Herz war oder wäre. Es war schon zu lange dunkel, ich konnte mich nicht erinnern, ob es da gewesen war, da war oder lediglich in meinen Träumen existierte. Ich wusste, dass Heinz viel lesen musste. Fachliteratur. Schließlich veränderte sich ständig irgendwas und als Geschäftsführer musste man am Ball bleiben.

Ich verstand das.

Außerdem hatte es mich in eine Lage versetzt, die nicht jede Frau mit Kindern genießen durfte. Ich hätte theoretisch nicht arbeiten gehen müssen. Das Geld, was ich verdiente, war sozusagen mein Taschengeld. Alles andere konnten wir über Heinz' Gehalt finanzieren. Uns ging es mehr als gut.

Ich hatte alles geschafft.

Jetzt und grundsätzlich.

Es hatte Monate gedauert, bis mein Körper wieder einigermaßen mit mir klar kam oder ich mit ihm und immer noch war ich nicht sicher, ob es wirklich so war, oder ob ich es mir einredete oder glauben wollte, dass es so war.

Mich irgendwie selbst verarschte. Mein Körper war nicht geheilt.

Meine Symptome waren noch spürbar, aber immerhin wirkten sie nicht mehr lebensbedrohlich. Nach vielen Therapiesitzungen und Arztterminen hatte ich gelernt, dass ich wohl nicht einfach tot umfallen würde. Zumindest jetzt noch nicht. Und ich versuchte an manchen Tagen verzweifelt, daran zu glauben, es zu hoffen und darauf zu vertrauen. Die Hoffnung nicht aufzugeben, irgendwann wieder ganz normal zu sein. Normal atmen zu können ohne das Gefühl, ersticken zu müssen. Einen regelmäßigen, gesunden Herzschlag zu haben. Nicht mehr dieses Reißen in der Magengegend zu fühlen, dass mich zusammensacken ließ, weil ich wusste, dass dann mein Herz für einen kurzen Moment aussetzte. Nicht mehr mit zittrigen Gliedmaßen aufzuwachen und einzuschlafen. Und endlich das Gefühl zu haben, das richtige Leben zu leben. Das hatte ich alles verstanden. Hoffte ich.

Und doch verabschiedete ich mich wieder einmal wortlos von dem Apfelgeleuchte. Eigentlich war alles wie immer und wie es immer gewesen war. Ich war schrecklich müde und wollte einfach nur schlafen. Oben war es noch dunkler, weil die Kinder schon schliefen oder so taten, als ob sie schliefen. Weil ich nicht mehr schaffen würde, riskierte ich nicht, dass jemand mich hörte und schleppte mich vorsichtig und lautlos, ohne Licht an zu machen, nach oben. In der Dunkelheit tastete ich mich ins Schlafzimmer. 6 Schritte geradeaus, dann nach links drehen, dann nochmal 8 Schritte. Inzwischen konnte ich in der Dunkelheit die Entfernungen abschätzen. Ich stieß mich nirgends und ließ mich vorsichtig auf mein Bett sinken, dass sie sofort schützend um meinen Körper hüllte.

Dann träumte ich von rot leuchtenden Äpfeln. Waren sie wohl giftig?

5

Nach einem endlosen Winter stand endlich mal wieder ein Wochenende in unserem Ferienhaus in Holland an, weil Heinz sich unerwartet das Wochenende komplett frei nehmen konnte. Es fühlte sich gut an, dem Alltag zu entfliehen, für eine kurze Zeit, die letzten Monate und die Jahre davor einmal komplett hinter mir zu lassen. Andere Umgebung. Andere Luft. Andere Bilder. Eigentlich freute ich mich immer auf diese Wochenenden, auch wenn es leider nur sehr wenige waren. Sie bedeuteten Ruhe, weil in dem Dorf, unserem Wochenenddorf, die ganze Zeit die Bürgersteige hochgeklappt sind. Auszeit. Raus aus dem Alltag. Entschleunigung. Schlechte Brötchen vom Dorfbäcker von einer Bäckereifachverkäuferin, die immer lächelte, egal ob sie redete oder schwieg. Da war der Geschmack der Brötchen irgendwie schon egal. Bild Zeitung lesen. Auch das gehörte dazu. Und Wein. Viel

Wein. Und einen relativ entspannten Ehemann, dem der Ortswechsel am meisten von uns fünft gut tat. Ich verband die Zeit dort vor allem mit Lachen. Irgendwie fanden wir immer irgendwas lustig und kicherten viel. Alle waren hier ausgelassen. Niemand musste irgendetwas tun, vor allem ich nicht. Reduzierung auf das Nötigste. Essen, schlafen, Wein trinken, Atmen. Und alles andere lassen können. Hektik, Stress, Probleme - Tschüss ihr Arschlöcher.

Schon im Auto war ich total genervt. Irgendwas war. Irgendwas, was sich in Schweigen hüllte. Ich würde nicht erfahren, was es ist. Nachfragen lohnte nicht.

„Nichts!"

Heinz' Tonfall war dabei gereizt und füllte das eine Wort mit inhaltlosem Inhalt. Meine Lippen hatten die Frage einfach so geformt.

Schmallippig starrte ich nun vom Beifahrersitz aus dem Fenster des Wagens auf die vorbeihuschende Landschaft. So lange, bis mir vom permanenten Nachrechtsgucken der Hals weh tat.

Die drei Stunden Fahrt bis zu unserem Wochenenddomizil wurden durch die Stille länger als sonst. Es war schon stockfinster, als wir ankamen. Heinz hatte wieder mal, wie so oft freitags, wichtige und späte Termine im Büro gehabt, so dass wir viel zu spät losgefahren waren. Ich war leicht angespannt, weil ich nicht wusste, ob die Kinder quengeln würden und Heinz dann wieder einmal ausrasten würde. Erfahrungsgemäß wäre dann das Wochenende gelaufen und ich damit beschäftigt, die Kinder bei Laune zu halten, damit Heinz sie nicht das ganze Wochenende grundlos anschrie. Dieses Mal waren die Kinder Gott sei dank schon im Auto eingeschlafen. Mein Großer wachte ungewöhnlicherweise erst gar nicht mehr auf und schlief samt Jeans, Socken und Co. sitzend weiter, als wir den Kofferraum meines Wagens schnell ausluden und

Heinz anschließend, als alles ausgeräumt war, erstmal in der Dunkelheit verschwand.

Ich konnte Clemens kaum noch tragen, so groß und schwer war er schon, schaffte es dann aber doch noch bis zu dem Schlafzimmer mit dem Ehebett, das er und ich uns am Wochenende teilten. Ich legte ihn auf meiner Seite vom Doppelbett, weil das Bett dort schon mit frischer Bettwäsche bezogen war und ich nicht riskieren wollte, dass er nochmal aufwachte, während ich seine Hälfte des Bettes mit Bettwäsche bezog. Die beiden Kleineren hatte ich in ihr Etagenbett im angrenzenden Zimmer abgelegt. So blieb für mich dieses Mal wohl nur die brettharte Matratzenseite, auf der Clemens eigentlich sonst schlief und ich würde wohl mit Rückenschmerzen aufwachen.

Körperliche Schmerzen.

Heinz war eine Runde im Wald spazieren, vermutete ich. Er brauchte das manchmal, um den

Kopf freizukriegen. Ich hoffte, er würde gut gelaunt zurückkehren. Aber wissen konnte ich das nicht, ich würde es auch erst am nächsten Tag erfahren, wenn Heinz zum Frühstücken nach oben kam. Wenn er schlecht gelaunt war, schlief er meistens unten in der Einliegerwohnung, anstatt im kleinen Zimmer mit dem Einzelbett, direkt neben dem Elternschlafzimmer, das Clemens und ich uns teilten. Es machte mir nichts aus, dass er in der separaten Wohnung schlief und die Kinder und ich im Haus. Eigentlich fand ich das so eigentlich auch irgendwie besser.

Ich konnte nicht schlafen in dieser Nacht. Vielleicht wegen der harten Matratze oder weil meine Gedanken kreisten oder wegen beidem.

Ich horchte in meinen Körper, als die Gedanken die Kontrolle übernommen hatten und ich sie nicht abstellen konnte. Mein Herz schlug endlich wieder verhältnismäßig ruhig. Ich spürte, da war noch was, manchmal waren da ein paar unregelmäßige Schläge, die ich eher als ein Unwohlsein, als eine Bedrohung wahrnahm. Ein kleines bisschen von dem, was mir das Leben in den letzten zwei Jahren zur Hölle gemacht hat. Ich erwartete nicht, dass es sich in nichts auflöste, es war viel zu intensiv gewesen, mein Körper konnte es nicht einfach streichen. Bestimmt brauchte er noch etwas Zeit, sich zu erholen.

6

„Polyamorie (Kunstwort aus griechisch πολύς polýs „viel, mehrere" und lateinisch amor „Liebe", englisch auch: Polyamory) ist ein Oberbegriff für eine gegenüber anderen offenen Beziehungsformen enger definierte Praxis, mehr als einen Menschen zur selben Zeit zu lieben.[1] Das Wertegerüst der Polyamorie setzt hierbei das volle Wissen und das Einverständnis aller direkt beteiligten Partner voraus[2] und legt das angenommene Bestreben zugrunde, dass die gewünschten Beziehungen langfristig und vertrauensvoll angelegt sind.[3] Dies schließt normalerweise (aber nicht notwendigerweise) Verliebtheit, Zärtlichkeit und Sexualität mit ein.

Somit grenzt sich die Polyamorie zum Teil deutlich von der Freien Liebe und der Beziehungsanarchie ab, die sich weitaus offener für rein körperliche oder nicht näher definierte Beziehungen verstehen. In diesem Zusammenhang will die

Polyamorie folglich auch nicht als „Oberbegriff"
für beliebige offene Beziehungsformen gelten.
Dies liegt zum Teil begründet in der historischen
Abgrenzung der Polyamorie von den eher bin-
dungskritischen Beziehungsvorstellungen der
frühen „Freien-Liebe-Bewegung".

Weltanschaulich stellt das polyamore Konzept
die Vorstellung in Frage, dass Zweierbeziehun-
gen die einzig erstrebenswerte oder mögliche
Form des Zusammenlebens darstellen. Das Konzept bejaht, dass ein Mensch mit mehreren Personen zur selben Zeit Liebesbeziehungen haben
kann.[4]

Menschen, die diese Art von nichtmonogamen
Beziehungen führen oder sich vorstellen können,
in solchen zu leben, werden als „polyamor" oder
„polyamorös" bezeichnet. Seit den 1960er Jahren
sind Erfahrungs- und Kommunikationsnetze von
Menschen entstanden, die in solchen Beziehungen leben, sich darüber austauschen und hierin

gegenseitig unterstützen – in der heutigen Zeit zumeist über das Internet. (…)

1   Zu Definitionen in Wörterbüchern siehe McGraw-Hill „Understanding human Sexuality" und Merriam Webster's Online Dictionary.

2   FAQ der Usenet Newsgroup alt.polyamory, Punkt 3, Gesendet am 9. September 1997 von Elise Matthesen. Zitat (Punkt 3): „What this boils down to with polyamory is that polyamorous people do not tell partners, lovers, or prospective members of those groups that they are monogamous when in fact they are not -- nor do they allow these people to assume they are monogamous, regardless of how convenient or personally advantageous such assumptions might be."

3   [a] [b] Christian Ruether: Freie Liebe, offene Ehe und Polyamory. Geschichte von Konzepten nicht-monogamer Beziehungsformen seit den 1960er Jahren in den USA und im deutschsprachigen Raum. Universität Wien 2004, S. 53.

4   International Conference on Polyamory & Mono-Normativity, Research Centre for Gender & Queer Studies, University of Hamburg, 5.–6. November 2005"

(Quelle: „Polyamorie", https://de.wikipedia.org/wiki/Polyamorie, 31.01.2019)

7

„Ich glaube, dass es dir besser geht, wenn ich nicht mehr da bin."

Es war schon ein paar Wochen her, dass der Berater das zu ihr gesagt hatte. Oder ein paar Tage? Sie wusste es nicht mehr. Sie wusste noch, dass sie nein gesagt hatte ohne zu wissen, ob sie das da auch meinte oder es eine Lüge war, um ihn zu halten. Da hatte er schon angefangen, sie zu nerven. Irgendwie. Weil sie versuchte, aus der Geschichte auszusteigen und er es nicht zuließ. Immer wieder Nachrichten, die auf ihrem Handy erschienen. Immer wieder Anrufe. Immer wieder die Frage „Willst du mich noch heiraten?" Sie hatte oft innerlich mit den Augen gerollt, in diesen Wochen oder Tagen. Sie war ein paar Mal nicht ans Telefon gegangen, weil sie wusste, sie hätte die Genervtheit in ihrer Stimme nicht verbergen können und sie wollte ihm nicht weh tun. Nicht sie auch noch.

„Ich kann erst gehen, wenn du mir sagst: Verpiss dich du Arschloch."

Wieso konnte sie das nicht sagen? Was hielt sie davon ab? War es aus Rücksicht auf seine Gefühle, oder hatte sie letzten Endes Angst vorm alleine sein? Es endgültig zu verlieren und ihn für immer aufzugeben?

8

Wolke.

Wolke.

Wolke.

Sie versuchte sich einzureden, dass es eine Wolke war, die über ihr schwebte. Und nicht dieser postalkoholische Dunst, der es in Wirklichkeit war und fürchterlich stank. Mit viel Fantasie hätte es auch eine Zuckerwatte sein können. Ohne Stock in der Mitte. Nur Farbe und Form. Und der Duft nach Zucker.

Wie Schäfchen zogen die Bilder der Zuckerwattenwolke an ihrem inneren Auge vorbei. Und als sie dann noch durch den Mund atmete, konnte sie es glauben und ihr Magen beruhigte sich etwas. Trotzdem war ihr immer noch schlecht. Die Zunge klebte von hinten an ihren Zähnen. Sie hatte Durst. Obwohl sie den ganzen Abend der Agenturfeier getrunken hatte. Erst Sekt, dann Bier, dann einen Cocktail und wieder Bier. So viel, bis sie endlich locker wurde und ihre Nerven sich etwas beruhigt hatten. Klar, dass sie jetzt Durst hatte. Nachdurst.

Seine Arme waren schon eine gefühlte Ewigkeit von hinten fest um ihren Körper geschlungen, seit dem Moment, an dem sie sich voneinander gelöst hatten. Ihr Mund pulsierte noch, er konnte so wahnsinnig gut küssen, dass es ihr immer schwerfiel, damit aufzuhören. Jetzt drängte seine Vorderseite an ihre Rückseite und er schlief. An den Stellen, an denen ihre Körper sich berührten, fühlte es sich warm an.

Trotzdem war ihr schrecklich kalt. Sie zitterte wie Espenlaub. Sein Körper konnte ihren irgendwie nicht wärmen. Vielleicht waren die Klamotten im Weg. Oder es war die Kühle des Bodens, im Souterrain der Agentur, auf dem sie beide lagen, die ihr in die Knochen gekrochen war.

Ihre Jacke, mit der er vor ein paar Stunden, oder Minuten ihren Oberkörper fürsorglich zugedeckt hatte, war nach unten verrutscht und lag quer über ihren Stiefeln. Eine kleine Notfalldecke, die sie zunächst gerührt, in ihrer Funktion aber versagt hatte.

Sie versuchte, dass Zittern zu unterdrücken. Sie durfte nicht zittern. Sonst wurde er noch wach und sie würde vielleicht nicht gehen können. Sie spannte ihre Muskeln bis zum Anschlag an, damit ihr Körper nicht klapperte. Sie fühlte sich wie ein Brett, oder schockgefroren, irgendwie sowas.

Die Stunden mit dem Jungen waren schön gewesen. Inzwischen waren sie so vertraut miteinander, als würden sie sich schon ewig kennen, obwohl sie eigentlich gar nicht so viel Zeit miteinander verbracht hatten, nicht so tief miteinander verwachsen waren. Die Zeit mit ihm hatte etwas Beruhigendes, sie konnte bei ihm gut entspannen und fühlte sich rundum wohl, es bedrängte sie nicht. Trotzdem fühlte sie sich jetzt gerade unwohl, weil sie schon so viele Stunden mit ihm verbracht hatte.

Das wahre Leben befand sich schräg über ihr. Sie lag kurz unter Null, wenn Null der Parkplatz war. Kurz überlegte sie, ob sich so begraben sein anfühlen musste. Aus dem Augenwinkel erahnte sie in der Dunkelheit durch das Kellerfenster ein Stück von ihrem Auto, dass jetzt seit fast 24 Stunden nicht bewegt worden war. Greifbar nah. Es sah aus, als würde der Scheinwerfer sie beobachten.

Sie wusste nicht, ob sie nüchtern genug war, um zu fahren. Im Dunkeln fühlte es sich so an. Sie konnte nicht sehen, ob sich ihre Umgebung noch drehte. Dazu war es noch zu sehr Nacht. Oder war es morgens? Sie wusste nicht, wie lange sie geschlafen hatte. Hatte sie überhaupt geschlafen? Vorsichtig hob sie ihren Kopf. Er fühlte sich o.k. an. Das hieß bei ihr nichts. Sie würde sich nicht wundern, wenn sie trotzdem lallte. Dann zog er die Arme noch fester um sie. Bitte geh nicht, hatte er sie angefleht. Ohne es zu sagen. Ob sich sein Körper gerade an seine Worte erinnerte? Dann gähnte er. Und die Wolke verwandelte sich in etwas Widerwärtiges, dass sie von hinten einhüllte. Bierschnapskippenmagensäure.

Dann erschlaffte die Umklammerung plötzlich. Vorsichtig und langsam rollte sie sich aus der Halterung. Sie suchte ihre Sachen zusammen, deckte ihn mit seiner Jacke zu und verschwand zurück in die Realität.

9

Sie sah ihn zuerst.

Als er ihren Wagen auf sich zurollen sah, strahlte er durch sein ganzes Gesicht und der Rest von seinem Kopf strahlte auch und er sah ein bisschen aus wie ein Hund. Er erinnerte sie an den Labrador ihrer Freundin, der nicht nur mit dem Schwanz wedelt, wenn er sich freut, sondern irgendwie wedelt der ganze Hund mit. Sie liebte das. Bei ihm. Weil irgendwie der ganze Kopf lachte. Und gleichzeitig machte es ihn so alt, weil es sein Gesicht in eine einzige Falte verwandelte. Sie stand an der Schranke zum Parkplatz, als er sich etwas ungelenk in ihr Auto auf den Beifahrersitz schwang. Er verstellte den Sitz maximal nach hinten, weil er sonst mit seinen langen Beinen nicht in ihr Auto passte. Auch so wirkte er immer noch etwas eingequetscht. Der Wagen war einfach zu klein für einen Zweimetermannminusdrei. Dann parkte sie ihren Wagen direkt neben seinem. Er stand wie immer ziemlich weit weg. Am Ende vom Parkplatz. Wieso tat er das? Weil er wusste, dass sie ihn suchen würde und sie dann, egal wo sie sitzen würden, weit genug weg waren, um.

Auch heute fiel er ziemlich schnell über sie her. Sie hatte auf dem Weg dorthin unterschiedliche Gedankenstränge konstruiert, die sie ihm als Erklärung für ihre Abwesenheit in der letzten Woche, das nicht ans Telefon gehen und kurze Antworten auf seine Kurznachrichten, liefern wollte.

Als Entschuldigung.

Rechtfertigung dafür, dass sie die Ruhe suchte und er es nicht zuließ.

Sie wollte keine Nähe. Oder doch. Ein bisschen Abstand vielleicht. Jetzt das. Sie wehrte sich nicht. Sie ließ ihn machen und ertrug ihr eigenes Unwohlsein. Seine Reaktion auf sie, auf ihren Körper, lenkte sie schließlich von ihren Gedanken ab. Sie genoss das Gefühl. Seine Hitze. Seine

Lust. Sein Stöhnen, wenn er sie berührte. Der Berater schmeckte gut.

„Komm, wir gehen was trinken."

Sanft schob sie ihn von sich weg. So konnte sie endlich aus der Enge und Abgeschiedenheit aussteigen. Durch die Kälte schlenderten sie Hand in Hand zum Wirtshaus, in dem sie schon öfter gewesen waren, weil es genau in der Mitte zwischen ihren Wohnorten lag. Um das Wirtshaus herum war es wie immer etwas hektisch, weil direkt dahinter ein kleiner Bahnhof lag. Leute, die zum Zug rannten. Ausstiegen. Weggingen. Kreuz und quer. Die Hektik beruhigte sie etwas. Er hielt ihr wie immer, wenn sie irgendwo zusammen waren, die Tür auf, was sie sehr mochte. Wärme wehte ihr entgegen. Und Stimmen. Und der Geruch von Holz. Er ging wie immer voran und steuerte zielstrebig auf die letzte Ecke zu. Vermutlich, weil er die Abgeschiedenheit suchte. Immer suchte er abgelegene Winkel aus, was hier nicht möglich war, weil der Raum offen und einsehbar war. Er quetschte sie im Prinzip in die hinterste Ecke der langen Holztafel, was eigentlich unnötig war, weil jeder sie sehen konnte. Das verschaffte ihr etwas Ruhe.

„Ich will dich nackt."

Noch vor dem ersten Kölsch flüsterte er ihr ins Ohr. Ihr Ohr fühlte sich unangenehm feucht an.

„Dich berühren."

Dann schob er ihr seine Zunge, die etwas zu nass war, in den Hals.

„Dich schmecken."

Jemand kam mit klackernden Absätzen in ihre Richtung. Er zog sich von ihr zurück, was ihr etwas Luft verschaffte.

Sie bestellten zwei Kölsch. Während er trank, schaute sie sich seine Hände genauer an. Irgendetwas muss man sich ja anschauen. Seine Hände waren rau. Vielleicht auch nur jetzt, weil er nie Handschuhe trug und die Temperaturen draußen noch ziemlich winterlich waren. Seine Finger waren im Vergleich zur Handfläche viel zu kurz. Die Nägel viel zu klein. Irgendwie Kindergröße. Er piddelte sich offensichtlich die Haut an den Nägeln auf. Vielleicht, wenn er nervös war. Alles voller Hühnerfüßchen und kleinsten Krusten. Sie mochte seine Hände nicht.

„Ein Krustengulasch bitte."

Sie hatte keinen Hunger, bestellte daher noch ein Kölsch. Dann noch eins. Seine freie Hand rammte er ihr zielsicher von hinten unter ihren Gürtel, ließ sie tiefer in ihre Hose rutschen. Nackte raue Haut auf nackter weicher Haut. Als er mit der anderen Hand sein Gulasch löffelte, hörte die andere Hand auf, über ihren Arsch zu kratzen. Zumindest eine Pause, in der sie sich kurz einen Überblick verschaffte, wer hier sonst noch war. Sie fragte sich, ob die anderen Gäste nur so taten, als würden sie sie nicht beobachten. Sie fühlte sich ziemlich unwohl. Beobachtet. Sie mochte keine Intimitäten in der Öffentlichkeit. Sie kraulte seinen Rücken durch den dicken, etwas verwaschenen Wollpullover. Sie hatte ja sonst nichts zu tun.

„Das ist schön," sagte er. „Das macht sonst nie einer."

Wieder einmal erfasste sie eine seltsame Traurigkeit. Er wirkte immer so fröhlich, wenn sie sich trafen. Er war lustig, sie mochte seinen Humor. Er lachte viel. Daher hatte sie sich im letzten Jahr in ihn spontan verliebt. Innerhalb von Sekunden. Und doch waren es immer wieder auch diese kleinen Sätze, die erahnen lassen, in welcher Gleichgültigkeit und Kälte er lebte. Das tat ihr leid. Ihr Hand fuhr unter sein Unterhemd.

„Sollen wir uns ein Hotelzimmer nehmen?"

Sie schüttelte den Kopf.

„Ich muss mal mit dir alleine sein. Kein Sex. Baden wäre jetzt schön."

Sie nickte stumm. Dann endlich, nach dem fünften Kölsch, wurde sie lockerer. Der Raum vernebelte ein bisschen. Sie passten jetzt plötzlich besser zusammen. Ihr Blick schweifte nach draußen.

„Raus?"

Sie nickte.

Er zahlte. Wie immer. Wieso auch nicht.

Es war kalt draußen. Spazieren gehen machte keinen Sinn.

„Museum?"

Wieder nickte sie.

Das Museum war nur einen Katzensprung weit weg und klein. Verhältnismäßig zu viel Personal auf zu kleinem Raum. Irgendwie stand immer irgendwo jemand im schwarzen Anzug. Oder saß. Oder lief um Ecken. Sonst keine Besucher. Die Kunstwerke versanken in einer ungewünschten Stille. Das Museum hatte erstaunlich viele Nischen, Vorsprünge, Räume, Zwischenwände. Die Kunst verlor an Bedeutung. Er zog sie zu sich. Immer wieder. Sie fühlte sich wie Gummi. Und titschte ihm entgegen. Wieso auch nicht. Es hatte etwas Verbotenes. Sie mochte das. Dann schob er seine Hand in ihrem Slip. Erst dann merkte sie, wie feucht sie war. Eigentlich hatte sie das Gefühl gehabt, dass ihr Körper nicht auf ihn reagiert hatte. Hatte sie zumindest gedacht. Ihr Körper meinte da anscheinend etwas anderes. Er drückte ein paar Mal auf ihrem Geschlechtsteil rum. Als wäre dort ein Knopf. Er stöhnte und versuchte ihren Gürtel zu öffnen. Sie haute ihm auf die Finger. Das ging zu weit. Sie zog ihn aus der Nische, löste sich von ihm und ging weg. Sie wusste, dass er ihr folgen würde. Sie dann fand. Hier konnte man sich nicht verstecken. Immer wieder suchte sein Mund den ihren. Bierbeflügelt erwiderte sie alles.

Inzwischen konnten sie küssen.

Anfangs war er etwas unbeholfen, vermutlich, weil er vor ihr so lange niemanden mehr geküsst hatte. Konnte man das verlernen? War das nicht wie Fahrrad fahren? Seine Zunge fühlte sich in ihrem Mund viel zu kurz an. Er würde niemals ihren Mund komplett ausfüllen können.

Sie versuchte, sich ein paar Kunstwerke anzuschauen, huschte schnell um ein paar Ecken. Trotzdem war sie maximal ein paar Sekunden alleine, dann stand er wieder vor ihr und seine Hand landete irgendwo und überall an ihr. Als wäre sie ein Magnet und er magnetisch.

„Ich muss auf's Klo."

Am Ende des Rundgangs war das Bier komplett in ihrer Blase gelandet.

„Ich auch."

Sein lüsterner Blick sah irgendwie schief aus. Dann schob er sie ins Behinderten-WC, presste sie gegen das Waschbecken, schob erst den Pulli nach oben, dann ihr Unterhemd, dann ihren BH und lutschte wild an ihren Brüsten. Leckte quer über ihren Bauch. Riss ihr den Gürtel auf. Die

Hose mitsamt der Unterhose nach unten. Seine Zunge landete zwischen ihre Lippen. Dabei schaute er sie an.

Sie fragte sich, wie spät es wohl war.

Dann stand er auf. Während er seine Hose öffnete und sein Glied rausholte, fiel seine Unterlippe irgendwie runter und hing schief in seinem Gesicht. Sie schaute auf seine freiliegenden Zahnhälse, dann drückte er sein Glied gegen ihre Schamhaare.

„Ich will nur einmal in dir sein."

Sie schüttelte den Kopf.

„Nur ganz kurz."

Sie nahm ihn in die Hand. Was sollte sie auch sonst tun. Erleichtert stöhnt er auf. Als er sich schließlich auf ihren Stiefeln ergoss, dachte sie darüber nach, ob Sperma auf hellem Wildleder wohl Flecken hinterlassen würde.

„Wir sollten hier raus."

Sie dachte, sie wären hier fertig, als seine Hand sich wieder zwischen ihre Lippen schob. Sie hatte nicht den Eindruck, dass ihre Worte etwas in diese Richtung bedeuten könnten. Jemand ruckelte an der Tür.

Hektik.

Alles wurde schnell wieder hochgezogen, zugeknöpft, abgetrocknet, mit ein paar Papiertüchern verteilte er sein Sperma großflächig auf den schwarzen Fliesen. Sie verschwand schnell auf die Damentoilette und musste jetzt wirklich dringend. Sie blieb ein paar Minuten sinnlos auf der Klobrille sitzen. Dann erst fühlte sie sich erleichtert.

Entspannt und samtäugig lehnte er am Treppengeländer, als sie auf ihn zuging. Sie fand ihn unglaublich anziehend. Das Bild von ihm, der Moment, brannte sich in ihren Kopf. Arm in Arm verließen sie das Museum. Als sie schließlich im

Auto saß, hatte sie das Gefühl, den Nachmittag ganz gut rum bekommen zu haben.

10

Als sie Montag Morgen an der Werbeagentur ankam, war ihr eiskalt. Sie hatte keine Zeit mehr
gehabt, ihre Haare zu föhnen. Blöderweise hatte
sie in der Eile des Morgens ihre Mütze nicht finden können und so war ihr nasser Kopf den Mi-
nustemperaturen im Auto ausgesetzt. Auch die
Heizung konnte daran nichts mehr ändern. Ein
ungutes Gefühl beschlich sie, als sie schließlich
auf ihren Parkplatz vor der Agentur rollte. Als
sie ausstieg, schielte sie unauffällig durch das
kleine Fenster am Boden auf einen Ausschnitt
auf dem Teppich im Souterrain. Natürlich sah sie
nichts, wäre ja auch zu schön gewesen und vielleicht, hoffentlich, war sie auch gar nicht dort.
Als sie ihm später in der Cafeteria zufällig be-
gegnete, trafen sich ihre Blicke kurz und vielsa-
gend. Für einen kurzen Moment verloren sich
ihre Blicke ineinander, was ihr einen kleinen
Schauer über den Rücken schickte. Leider waren

sie nicht allein. Wieso mussten ausgerechnet jetzt so viele Kollegen Kaffee holen? Sie rührte ihren Espresso so lange um, bis auch wirklich der allerletzte Rest des Zuckers aufgelöst war und die anderen Kollegen endlich weg waren.

„Meine Mütze ist weg."

Er zog die Augenbrauen hoch, was sie sehr mochte, weil seine Augenbrauen irgendwie besonders waren. Teddymäßig und flauschig.

„Kannst du vielleicht kurz nachschauen, ob sie unten irgendwo rumliegt?"

Er nickte. Sie traute sich nicht, selber nachzusehen, weil es kein Ort war, an dem sie zu Bürozeiten jemals sein würde.

Als sie beim nächsten Mal seine Stimme aus der Cafeteria hörte, war eindeutig Kaffeeholzeit, obwohl ihre Tasse noch nicht ganz leer war. Wieder waren irgendwelche Kollegen dort. Trotzdem wieder diese durchdringenden Blicke, die etwas in ihr trafen, zwischen ihren Schenkeln kribbelte es leicht und fast kaum spürbar. Dann umarmten sie sich flüchtig. Dann schüttelte er den Kopf. Anscheinend hatte sie ihre Lieblingsmütze verloren. Hoffte sie zumindest. Nicht, dass jemand aus der Agentur sie gefunden hatte und sie zu gegebener Zeit damit erpressen würde. Oder so. Vielleicht war es jetzt die Lieblingsmütze von jemand anderem.

Beim dritten gemeinsamen Kaffee holen war endlich niemand außer ihnen in der Cafeteria. Sie umarmten sich lange. Kein Kuss. Nicht mal ein kleiner auf die Wange. Einfach nur festhalten. Erst fand sie es seltsam. Dann war es genau richtig. Irgendwie passend. Nicht komisch. Eigentlich hatte sie auch gar nicht den Wunsch, ihn zu küssen. Er denn? Sie fragte nicht. Heute waren sie einfach nur Arbeitskollegen, die zusammen Kaffee tranken. Rein zufällig.

11

Ein paar Wochen später trafen sie sich im Zug. Es kam sehr selten vor, dass sie mitfahren konnte. Sie hatte keine eigenen Projekte mehr, seid sie im Anschluss an die Elternzeit wieder in die Agentur zurückgekehrt war. Ihre Position hatte eine jüngere, dynamische Kollegin eingenommen, die natürlich Vollzeit arbeitete. Eigentlich fand sie ihren Hiwijob auch ganz o.k., sie hatte schließlich zu Hause genug mit den drei Kids zu tun. Sie wollte eigentlich keinen Job mehr mit Verantwortung. Und mit ihrer Kollegin kam sie gut zurecht. Das Einzige was ihr wirklich fehlte, waren die Termine beim Kunden vor Ort, mal rauskommten, Zug fahren, eine Nacht im Hotel, alleine. Umso mehr freute sie sich auf die bevorstehenden beiden Tage außerhalb von ihrem Alltag. Sie hatte sich beeilt, war in aller Herrgottsfrühe von zu Hause aufgebrochen, damit sie noch die Zeit hatte, in Ruhe im Bahnhof einen Kaffee zu trinken und die geschäftigen, gestressten Leute zu beobachten. Gemütlich schlenderte sie zwischen den größtenteils sehr abgehetzten Menschen auf den Waggon zu, in dem ihr Kollege Sitzplätze für sie vier reserviert hatte. Sie dachte, sie sei früh dran und war erstaunt, dass sie die Letzte war, am Viererplatz mit Tisch in der Mitte. Nur der Platz neben ihm war noch frei. Ein Fensterplatz. Er stand auf und ließ sich neben sie in den Sitz fallen und war direkt irgendwie sehr nah an ihr dran. Körperlich gesehen. Sie hoffte, die Kollegen bekamen das nicht mit. Er war einfach zu groß für einen Zugsitz, da musste er sich ja in eine Richtung ausbreiten. In diesem Fall in ihre. Seine Nähe fühlte sich gut an. Die anderen und er redeten über die Arbeit. Sie hörte ihm gerne zu, wenn er über den Job sprach. Er war klug, erfahren, konnte zugleich hochgradig professionell und im nächsten Augenblick total lustig sein. Blöde Sprüche purzelten im Minutentakt aus ihm heraus. Alle lachten über ihn. Er war so authentisch. Sie bewunderte das und liebte ihn dafür. Zwischendurch schaute sie immer mal wieder aus dem Fenster. Ab und zu klinkte sie sich in die Unterhaltung ein. Meistens mit etwas Flapsigem. Und meistens an ihn gerichtet. Er antwortete ihr mit einer anderen, weicheren Stimme. Das bekamen die Kollegen doch bestimmt mit. Und wenn schon.

Sie war etwas aufgeregt, wegen den bevorstehenden Tagen, weil sie nicht wusste, was sie erwartete. Wo es enden würde.

Den Rest des Tages waren sie zwei von zwanzig Leuten, die in Bremerhaven zu einer Kick-off Veranstaltung eines Kunden eingeladen waren, die am Abend stattfinden sollte. Sie fielen kaum auf, was sie etwas ruhiger machte. Ab und zu wechselten wie ein paar belanglose Worte. Ab und zu streifte seine Hand von den anderen unbemerkt über ihren Rücken. Sie hatte alles im

Griff. Sie waren nicht zu entdecken und sie fühlte sich sicher.

Dann kamen sie irgendwann im Hotel an. Erst Einchecken. Die Kollegengruppe strömte auseinander, es blieben nur 10 Minuten zum frisch machen. Sie war als einzige in der Gruppe ohne Koffer unterwegs. Sie brauchte nichts Großes für Zahnbürste, Zahnpasta, Wimperntusche, Deo, Creme und Schlüpfer. Frisch machen ging also auch schnell. Erst den Zopf neu machen. Dann Pipi machen und noch Deo. Schon war sie fertig.

Er wartete schon an der Hotelbar und bestellte 2 Gin Tonic, als sie neben ihm Platz nahm. Sie hatten noch 10 Minuten Zeit, bis sie los mussten. Sie nahm einen großen Schluck und hoffte, dass sich ihre Nerven etwas entspannten. Blöderweise setzte sich eine von den wichtigen Mitreisenden neben sie und verwickelte den Berater sogleich in Gespräche über den Job. Er schlüpfte in seine Rolle und sie bewunderte, wie schnell und unauffällig er das hinbekam. Sie hatte wenig bis gar nichts zu der Unterhaltung beizutragen und nuckelte daher ausgiebig an ihrem Strohhalm. Dann bewegt sich die Gruppe durch das frühabendliche Bremerhaven. Sie roch das Wasser. Sie würde gerne in einer Stadt am Wasser wohnen.

Sie waren spät dran. Das Restaurant wartete schon. Sie marschierte mit ihrer Kollegin stramm voraus, um die Gruppe zum schneller Gehen zu motivieren. Allerdings klappte das irgendwie nicht. Als sie und ihre Kollegin stehen blieben und sich zu der Gruppe rumdrehten, sah sie gerade noch, wie er der Länge nach hinfiel, er hatte wohl in der Dunkelheit den Bordstein nicht gesehen. Sie unterdrückte ihren Reflex, zu ihm hinrennen zu wollen, sie hoffte, er hatte sich nicht weh getan. Irgendwie fand sie das ziemlich peinlich, sein Hinfallen. Sie konnte in seinem Gesicht keine Reaktion erkennen. Wenn es ihm peinlich gewesen war, merkte man es ihm nicht an. Er

konnte gut verstecken. Im Restaurant waren ausschließlich Vierertische. Sie und er setzten sich
gegenüber. Neben ihnen zwei Frauen, mit denen
sie schnell ins Gespräch kam. Der Gin Tonic hatte
sie locker gemacht. Sie fand sich selbst ziemlich
unterhaltsam und merkte, wie er sie aus den Au-
genwinkeln beobachtete. Sie fühlte sich gestrei-
chelt.

„Kann ich auch eine?"

Hatte sie das wirklich gefragt? Die Frau neben
ihr hatte sich gerade eine Kippe gedreht. Sie
rauchte doch nicht mehr, hatte vor ein paar Wochen eigentlich und endlich mal aufgehört. Was
soll's. Sie war gut in Fahrt, fühlte sich frei und
etwas leichtsinnig, dazu passte eine Kippe wunderbar.

Danach ging es ihr dreckig. Ihr war heiß. Der
Mund trocken. Ihr Herz schlug ihr bis in den
Kopf. Kippe und Wein hatte sie noch nie gut ver-
tragen, eigentlich wusste sie das. Die versteckte

Anspannung in ihr tat vermutlich den Rest dazu. Sie hatte Fluchtgedanken und wollte gleichzeitig wie immer die letzte sein. Sie wollte nichts verpassen, wenn sie schon mal weg war, was selten vorkam. Alles mitnehmen.

Leben. Leben. Leben.

Sie blieb. Und irgendwann ging es ihr auch wieder besser.

Den harten Kern zog es gegen Mitternacht zum Wasser. Sie schnorrte noch eine weitere Kippe von jemandem auf der Straße. Jetzt ging es. Vielleicht auch, weil sie draußen und nicht mehr der Hitze des Restaurants ausgesetzt waren. Die Stimmung prickelte. Sie alle hatten noch keine Lust ins Hotel zurück zu gehen. Kicher hier, kicher da.

Sie landeten an einer Bar, nächste Runde Gin Tonic. Sie war ein bisschen außen vor, die Gespräche meinend, fünftes Rad am Wagen. Er saß neben ihr, das gab ihr Sicherheit. Sie hörte der Unterhaltung der anderen zu und genoss ihren Drink. Sie schafften es, nebeneinander zu sitzen, ohne sich aus Versehen näher zu kommen. Die anderen würden es hier mit Sicherheit sehen. Als sie zurück zum Hotel torkelten, war sie weiterhin alleine. Er verstrickte sich mit ihrem Kollegen in ein anspruchsvolles Gespräch. Sie schnorrte sich noch eine Kippe von einem Mädel, die mutterseelenallein auf der Straße ohne Jacke stand. Vielleicht wartete sie auf jemanden, der sie abholte. Im Hotel landeten sie wieder an der Bar, es folgte eine weitere Runde Gin Tonic. Sie quatschte kreuz und quer Leute an und genoss es, ein Teil dieser Welt zu sein. Hin und wieder schauten sie sich verstohlen und tief an, es knisterte. Alles in allem glaubte sie immer noch, dass sie unentdeckt waren. Sie war in ein Gespräch mit irgendjemand über irgendwas vertieft, als er plötzlich aufstand und ging. Sie war etwas überrascht über sein plötzliches Verschwinden und schaute fragend ihre Kollegin an. Die zog die Augenbrauen hoch und zuckte mit den Schultern. Sie tat so, als ob sie sich auf den Drink konzentrieren würde und bekam in Wirklichkeit Elefantenohren, um etwas von der Gesprächsrunde aufzufangen, die er offensichtlich gerade verlassen hatte.

„Ist doch so! Wenn es für ihn keine Rolle spielt, ob in 3 Monaten oder in 6 Jahren. Dann doch gleich jetzt."

Ohne den Kontext zu wissen, wusste sie, worum es ging. Derjenige, der das gesagt hatte, hatte sich nach langjähriger Ehe von seiner Frau getrennt und lebte jetzt frisch verliebt mit einer 25 Jahre jüngeren Frau zusammen.

Auch sie war jünger er. Sie wusste, dass er das tun könnte. Sie fühlte, dass er bereit wäre, diesen Schritt zu gehen. Ob er wieder hinfallen würde?

Natürlich rannte sie ihm nicht gleich hinterher. Eigentlich genoss sie jede Minute, die sie länger blieb und sich amüsierte. Ihr Handy vibrierte in ihrer Tasche. Sie wusste, dass er sie rief. Als sie eine souveräne halbe Stunde später im Aufzug stand, war ihr eigentlich mehr nach schlafen. Sie schaute kurz auf ihr Handy.

Wenn du magst, komm vorbei. Zimmer 1618. Kein Sex.

Es war halb vier. Sie war betrunken und erschöpft. Vielleicht schlief er ja schon. Sie drückte auf den Knopf mit der 16, ihr Zimmer war auf der 9. Etage. Als sie zaghaft klopfte, öffnete er sofort. Er war hellwach.

Sofort fing er an.

Er löschte das Licht. Riss ihr die Tasche weg, die polternd gegen die Wand knallte. Ihr Mantel flog durchs Zimmer, dann der Rest. Innerhalb von 10 Sekunden war sie komplett nackt. Sie fasste in seine verwuschelten Haare, wie sie es immer tat, wenn sie sich getroffen hatten, weil sie seine Haare mochte. Eigentlich wollte sie ihn auch gar nicht ausziehen.

Kein Sex.

Dann zog er sich selber aus, während er sie gleichzeitig mit seiner kurzen Zunge vollsabberte. Sie war angeekelt und neugierig und etwas willenlos. Er stöhnte. Er zog sie aufs Bett, deckte sie noch fürsorglich zu, hielt sie im Arm, streichelte sie plötzlich ganz zärtlich und langsam, was sie überraschte und genießen konnte.

Er stank fürchterlich nach Schweiß.

Dann landeten seine Finger zwischen ihren Lippen. Drückten ihre Beine auseinander. Drangen in sie ein. Wieder stöhnte er. Sie überlegte, ob jetzt der richtige Zeitpunkt wäre zu gehen und entschied sich zu bleiben.

Dann war er über ihr. Er drängte gegen sie. „Nein."

Ihre Stimme war dünn und fiepsig. Vielleicht von den ganzen Zigaretten.

„Nur einmal. Bitte."

Sie schüttelte den Kopf.

Kein Sex.

Er sagte noch, er hätte keine Kondome. Sie versuchte sich kurz daran zu erinnern, wann sie ihre letzte Blutung gehabt hatte, was ihr nicht einfiel, weil sie es immer in ihrem kleinen Kalender notierte, der in ihrer Tasche war, die jetzt irgendwo im Zimmer lag. Das Datum hatte sie vergessen, weil es ihr Kalender wusste und da war es besser aufgehoben als in ihrem Kopf.

Dann lag er neben ihr und sie konnte nicht sagen, ob er in ihr gewesen war, weil sie so mit nachdenken beschäftigt gewesen war, dass sie nichts gespürt hatte. Zwischen ihren Schenkeln war es etwas feucht, aber sie konnte nicht mit Sicherheit sagen, ob es von ihr oder von ihm war. Seine Erektion passte in ihre Hand, was sie etwas irritierte und ihr etwas Angst machte. Sie beeilte sich, weil sie müde war und endlich schlafen wollte. Und da er sich schon nach ein paar Sekunden über ihre Oberschenkel ergoss, fühlte sie sich wieder sicherer. Vielleicht würde die Nacht jetzt ruhiger.

Sein Glied tropfte noch, als er ihr wieder zwischen die Beine fuhr und wild auf ihrem Geschlechtsteil rumdrückte. Ihr Körper zuckte kurz zusammen, als seine Hand zwischen ihre Beine rutschte.

„Nein."

Sie schlug die Hand weg. Dann kniete er zwischen ihren Beinen, leckte sie.

„Nein."

Ihre Stimme klang dieses Mal fester.

„Warum nicht?"

„Ich kann nicht."

„Warum?"

„Weil es nicht geht. Ich fühle nichts."

Er ließ sich neben ihr aufs Bett fallen. Sein Kopf war nass geschwitzt. Der Schweißgeruch inzwischen beißend. Er streichelte sie sanft. „Deine Haut ist so weich."

Er küsste sanft ihren Hals. Dann ihre Brüste. „Du bist so schön." Dann ihren Bauchnabel. Dann fuhr seine Hand nochmal zwischen ihre Schenkel. Langsam wurde sie wütend. Sie schob seine Hand weg.

„Setz dich einmal auf mich. Ich will nur wissen, wie sich das anfühlt."

Es fühlte sich nicht gut an, als sie seinem Willen folgte. Dann knetete er ihre Brüste. Es tat ein bisschen weh. Sie küsste ihn schnell.

„Ich muss mal schlafen jetzt."

Als sie sich neben ihn aufs Bett fallen ließ und auf die Seite drehte, umklammerte er sie von hinten. Ihr wurde furchtbar heiß. Plötzlich hatte sie wahnsinnigen Durst. Sie verschwand ins Bad. Das kalte Wasser aus dem Wasserhahn tat gut.

Sie konnte nicht aufhören zu trinken und füllte ihren Magen mit Wasser, bis er weh tat. Sie ließ sich Zeit. Als sie vorsichtig und leise wieder ins Bett stieg, war er immer noch wach. Wieder umgriff er sie von hinten.

„Lass mir ein bisschen Platz, ich kann sonst nicht schlafen."

Als sie sich dann auf die linke Bettkante rollte, war es vorbei. Sie atmete durch.

Das nächste, was sie merkte, war, dass etwas gegen ihren Rücken drückte. Wie spät es wohl war? In der Dunkelheit fand sie ihre Uhr nicht. Hatte sie geschlafen? Sanft drehte er sie zu sich um. Sie umfasste seine Erektion, die sich dieses Mal etwas anders anfühlte. Sie wollte eigentlich duschen und beeilte sich. Er kam schnell und intensiv. Dann sprang er auf.

„Ich geh schnell duschen."

Es war schon nach sieben und eigentlich wollte sie zuerst ins Bad, damit sie sich sortieren und in

Ruhe frühstücken konnte. Er war Gott sei Dank recht schnell fertig und kam mit einem Lendenschurz wieder zurück ins Bett. Er roch immer noch nach Schweiß.

„Ich geh dann auch mal schnell duschen."

Sie wollte jetzt keine Nähe mehr und stand auf.

„Wieso?"

„Weil ich schmutzig bin."

Er grinste erst schief, dann schaute er ganz ernst.

„Du fühlst dich nicht wohl?"

„Doch. Ich will einfach nur schnell duschen." Der Duschkopf war riesig und das heiße Wasser fühlte sich gut an. Das Duschbad vom Hotel roch herrlich. Sie schloss die Augen und wusste, dass er sie durch den Türspalt beobachtete. Es störte sie nicht.

„Ich gehe schon mal runter."

Als er verschwunden war, sackte sie kraftlos in der Dusche zusammen. Sie war doch müder, als sie gedacht hatte. Hunger hatte sie nicht. Ein Kaffee würde reichen. Das warme Wasser fühlte sich gut und sauber an. Sie genoss es, alleine zu sein. Als sie fertig war, räumte sie das Zimmer noch auf. Irgendwie fand sie das richtig. Seine Sachen legte sie ordentlich über den Stuhl und schlug die Kissen auf. Legte sie wieder nebeneinander, an ihren ursprünglichen Platz. Sogar die Bettdecke zog sie glatt. Im Bad hängte sie die Handtücher doppelt gefaltet über die Handtuchhalter. Erst, als alles wieder seinen Platz hatte, konnte sie das Zimmer verlassen.

12

Es war ihr nicht schwer gefallen, nach diesen beiden Tagen nach Hause zurück zu kehren. Sie war lediglich völlig übernächtigt, weil ihr der Schlaf fehlte, aber das würde sie am Wochenende nachholen können.

Seit die Kinder etwas größer waren und am Wochenende auch schon mal bis 8 Uhr schliefen, konnte ich manchmal sogar wieder ausschlafen, wenn mich nicht das schlechte Gewisse plagte. Heinz war ein Frühaufsteher, auch am Wochenende, und so übernahm er inzwischen hier und da mal die Kinder, insofern er nicht schon früh ins Büro musste, machte Clemens, Annica und Benedict sogar Frühstück, sobald einer der drei Hunger bekam. Ich war unglaublich erleichtert, dass Heinz sich ein bisschen in seine Vaterrolle eingefunden hatte. Und das ließ mich hoffen. Vielleicht würde alles andere ja auch noch gut werden.

Ich wusste, dass er die Kinder vor dem Fernseher geparkt hatte, als er die Schlafzimmertür von innen abschloss. Ich war längst wach und hatte es genossen, die Wärme des Bettes und die Ruhe noch etwas auskosten zu können. Offensichtlich war er schon joggen gewesen. Seine Beine waren etwas kühl und feucht, seine Hände etwas schwitzig, als sie behutsam über meine Oberschenkel streichelten und er sich nackt an meinen Pyjama drängte. Schnell zog ich den Pyjama aus, weil ich nicht wusste, ob nicht doch jemand nach mir rufen und unser Ritual stören würde. Sonntag morgens hatten wir nie viel Zeit, aber eigentlich brauchten wir die auch nicht. Unsere Körper harmonierten immer noch wunderbar miteinander. Wir kannten uns in- und auswendig und wussten, welche Berührungen was auslösten und genossen die bestätigenden Geräusche des anderen. Seine Lippen schmeckten salzig und ehrlich. Ich spürte, wie sehr er mich liebte, was meine

Lust steigerte und mich schnell und intensiv kommen ließ. Die Entspannung, die sich anschließend in meinem Körper ausbreitete, ließ mich wieder einschlafen und ich wachte erst wieder auf, als der Pizzadienst klingelte und unser Mittagessen brachte.

13

Sonntag, spät abends. Sie war auf dem Weg ins Bett, als ihr Display plötzlich leuchtete.

„Gute Nacht, Schöne."

„Gute Nacht, Berater."

…

„Schläfst du schon?"

„Würde ich dir dann schreiben :-P?"

„Selber :-P."

…

„Schönes WE gehabt?"

„Sehr…und du?"

„Auch."

„Ich geh jetzt schlafen."

„O.k."

„Morgen früh tele?"

„Unbedingt."

…

„Willst du mich noch heiraten, Schöne?"

…

14

Rundum zufrieden stieg sie Montag morgen in ihren Wagen und machte sich auf den Weg in die Agentur. Ihr Wochenende war wunderschön gewesen. Sie waren am Sonntag nach dem Pizza essen noch in die Eifel gefahren, waren ein bisschen mit den Kindern gewandert, hatten sich einen Wasserfall angeschaut, in der Frühlingssonne das erste Eis der Saison gegessen. Sie hatten viel gelacht, so wie früher, als sie frisch verliebt gewesen waren. Sie hatte sich lange nicht mehr so ruhig und zufrieden gefühlt. In dem Moment, als sie noch einmal die Bilder vom Wochenende in sich wachrief, wurde sie aus einer Welle aus Glück erfasst und sie war überwältigt von dem Gefühl und sicher, dass sie sich nun von allem anderen würde trennen können.

Dann klingelte in der Tasche auf dem Beifahrersitz ihr Handy. Sie sah den Namen des Beraters und etwas krampfte sich erneut in ihr zusammen. Ihr Herz stolperte und das Glücksgefühl zerplatzte wie eine Seifenblase. Sie war wütend, weil er ihr den Moment des Glücks genommen hatte und ließ es klingeln, bis die Mailbox ansprang und sie wieder atmen konnte.

Ein paar Minuten später summte es. Eine Textnachricht. Erst wollte sie die Nachricht ungelesen löschen, dann konnte sie es nicht.

Was für ein Scheiß Wochenende...wo gehöre ich hin, was ist meine Zukunft? Zwei Tage in deiner Nähe waren gut. Ich habe so lange darauf gewartet, endlich mit dir eine Nacht lang alleine sein zu können. Zeit zu haben, sich frei zu fühlen und zu sehen, wie das ist. Und dann, als es endlich so weit war, stimmte irgendetwas nicht. Vielleicht weil wir beide zu viel Alkohol hatten, vielleicht hat das alles kaputt gemacht, uns benebelt, das Besondere war ertrunken in einem Eimer voll mit Gin Tonic. Deine Schönheit hat mich umge-

hauen. Aber irgendwie lief es ins Leere. Und dann plötzlich dieses Gefühl der Enttäuschung. Ich ertrage diese Momente nicht mehr, davon habe ich zu Hause genug.

Wo soll das hinführen? Es zerreißt mich zu dir zu wollen und nicht zu können und diese Leere, die dann entsteht, auszuhalten. Ich schaffe das nicht mehr. In der Woche geht es mir gut. Unsere Telefonate, das viele reden, zu wissen dass es dich gibt, dass du mir zuhörst und mich verstehst und ich dich verstehe. Das trägt mich durch die Woche und dann am Wochenende ist es weg. Dann holt mich meine Realität wieder ein. Meine Kinder, die Verpflichtungen, die ständigen Streitereien mit meiner Frau… und du erzählst mir dann auch immer so, wie schön deine Wochenenden sind. Das ertrage ich nicht. Und manchmal weiß ich nicht, ob du dich eigentlich selber nur belügst.

Ist das mein Leben für die nächste Zeit? In der Woche zu schweben und dann am Wochenende abzustürzen? Der Weg zwischen Himmel und Hölle ist mir zu groß.

Du kriegst mich immer wieder schnell nah zu dir. Weil du mir das Gefühl gibst, da zu sein. Aber mir geht es richtig beschissen. Wir beide sind ein großes Versprechen... ganz groß und falsch. Manchmal stelle ich mir die Frage, ob ich es bin, was du suchst...

Du bedeutest mir viel, sehr viel, aber die Nacht hat auch gezeigt, wo ich stehe. Ich hatte Angst vor Sex mit dir. Ich wollte dir zeigen, das es so besonders ist, aber in Wirklichkeit geht es mir nicht mehr darum. Du bist wunderbar, einzigartig, verletzlich, schön, traurig, gebrochen, verzweifelt, zu viel trinkend, kämpfend, charmant, überschwänglich, reizend.....Liebe suchend. Alles das kann ich in dir lesen und will auch damit leben. Aber ich will damit leben und es nicht von außen beobachten....und reden, reden, reden....

Ich werde nicht mehr fragen ob du mich heiraten willst, was für ein Schwachsinn ein Bild von Sicherheit zu provozieren, wo gerade wir wissen wie kaputt

dies eigentlich sein kann... und es ist kaputt, sowohl
bei mir als auch bei dir. Sorry dafür!
Von meinem iPhone gesendet

Dann explodierte etwas in ihr. Sie riss das Lenkrad rum, gab etwas zu viel Gas und blieb mit Warnblinklicht auf dem Standstreifen stehen. Sie musste ihm schreiben, sofort, und ihrer Wut Platz geben, weil es ihr sonst die Luft zum Atmen nehmen würde.

Wenn du willst, komm vorbei, Zimmer 1618 – kein
Sex, hattest du geschrieben. Genau das hattest du ge-
schrieben! Eine Stunde später hatte ich nichts mehr
an, sämtliche Finger von dir waren in sämtlichen
Körperöffnungen. Dann du nackt über mir.
Nur ein einziges Mal. Bitte.
Ich hatte fürchterliche Angst. Ich innerlich erstarrt.
Ich konnte nichts sagen. Nichts tun. Einfach gehen

wäre auch eine Lösung gewesen. Auch das kriegte ich nicht hin.

Kein Sex, kein Sex, kein Sex.

Ich hatte dir das vorher schon gesagt. Dann dir geglaubt und mich auf dich verlassen. Und dann das. Wie naiv ich gewesen war. Die Nacht war für mich die reine Folter und eine einzige Enttäuschung.

Ich will keinen Prinzen auf einem Pferd, der mich rettet. Ich habe vor dieser Nacht so lange davon geträumt, einen Partner zu haben, der so ist wie du. Vertrauen zu können. Ehrlich sein zu dürfen. Jemanden zu haben, der mich rettet und für mich da ist. Ich glaube, du würdest alles für mich tun. Ich hätte ein anderes Leben mit dir. Das weiß ich. Ich habe lange wartend gelebt und wurde ständig verletzt. Und jetzt, wo ich das gefühlt haben könnte, kann ich es nicht. Ich weiß, dass es für mich falsch wäre. Ich beginne gerade erst zu spüren, was ich will, oder nicht will. Und das kann ich nur, wenn ich unabhängig bin. Ich weiß, dass die Gefahr für mich besteht, mich in der Liebe zu dir zu verlieren. Und dann wäre ich wieder die kleine Prinzessin, die wartet. Dann werde ich niemals lernen, aus mir heraus zu handeln.

Du bist einer der tollsten Menschen, die mir in meinem Leben begegnet sind. Und doch kannst Du mich nicht aufhalten. Ich habe mich in mein altes neues Leben begeben. Ich liebe dich.

Sie schickte es ab ohne es noch einmal zu lesen und löschte beide Nachrichten sofort. Sie war sich nicht ganz sicher, ob sie das alles, was sie geschrieben auch so gemeint hatte. Die Worte waren einfach so aus ihr rausgeflossen. Dann reihte sie sich wieder in den stockenden Berufsverkehr ein und sehnte sich nach dem ersten Kaffee in der Cafeteria.

15

Als sie nach Hause kam, war sie total erschöpft.
Die Rückfahrt aus dem Büro war seltsam gewesen. Ihr Körper zeigte die ersten Symptome,
wenn es los ging. Ein leichtes Kribbeln unter der
Haut. Die Hände und Füße fast taub. Sie atmete
flach. Das Atmen fiel ihr schwer und zwang sie,
sich auf sich zu konzentrieren, was kaum auszuhalten war. Sie versuchte auszusteigen, aus dem
sich nicht ertragen können. Heute gelang es ihr,
der Körper beruhigte sich wieder, als sie es ihm
befahl und so kam sie relativ entspannt zu Hause
an.

Sie fühlte sich stark. In der Vergangenheit hatte
sich ihr Körper meistens verselbstständigt. Kopf
und Körper hatten nicht mehr zusammen funk-
tioniert, sondern waren zu Feinden geworden. Es
war die Hölle gewesen.

Zu Hause tat sie, was sie immer tat und dachte
anschließend über belanglose Dinge nach. Die

Kinder spielten friedlich in ihren Zimmern und kamen wunderbar ohne sie zurecht. Da die Müdigkeit nicht verschwand, legte sie sich kurz hin. Inzwischen ging das, meistens. Die Kinder waren schon groß genug und akzeptierten das, meistens. Als es endlich warm unter der Bettdecke wurde, überrollte sie aus dem Nichts die Lust, als ihr einfiel, wie gut der Junge küssen konnte. Sie hatten von Anfang an gut zusammen gepasst. Vom ersten Kuss an. Sie harmonierten. Wie gerne sie ihn küssen wollte. Jetzt. Eigentlich schon den ganzen Tag, aber in der Enge der Büroräume gab es dafür keinen Platz. Auch die Orte, wo eigentlich niemand hingehen würde, wären zu unsicher. Was, wenn es jemand sehen würde? Das Risiko wäre zu groß und vielleicht war es gerade das, was ihre Lust manchmal auslöste?

Er roch gut.

Er fühlte sich gut an, wenn sie sich umarmten. Das taten sie immer, wenn sie sich sahen. Nur

nicht auf der Treppe, wenn sie sich zufällig be-
gegneten. Da war es nur ein Handschlag, der sie
verband. Manchmal waren sie etwas unbeholfen,
auf der Treppe, weil diese Distanz sich unecht
anfühlte.

Er kam, wenn sie rief. Immer dann, wenn sie
konnte und ihre Kollegin auf Dienstreise oder
nicht im Büro war.

„Dann bin ich deine Coffee-Call-Boy." Er grinste,
als er das sagte.

Eigentlich ging sie ausschließlich mit ihm Kaffee
trinken, wenn niemand im Büro war. Sonst konnte sie es nicht, sie fühlte sich dann ertappt, beobachtet. Manchmal trafen sie sich trotzdem, aber
sie war dann extrem unentspannt. Ihr Herz
schlug ihr dann bis zum Hals und manchmal
hörte es nicht auf zu stolpern. Heute Vormittag
ging es. Schon aus dem Auto schickte sie ihm
eine Nachricht, gleich nachdem sie die beiden
anderen Nachrichten gelöscht hatte.

„9:30 Uhr Kaffee?"

Noch stand sie im Stau und die Standstreifenaktion hatte sie bestimmt eine halbe Stunde Zeit gekostet, aber 9:30 Uhr würde sie schaffen.

Als sie in der Cafeteria ankam, wartete er schon. Sie umarmten sich und er hob sie hoch. Sie fühlte sich unglaublich leicht in diesem Moment.

„Zucker?"

Wie immer zog er einen Kaffee für sie an der Maschine.

„Besser nicht. So langsam passt mein Arsch nicht mehr in meine Unterhosen."

Er lachte. Und sie fand ihn schön.

Sie redeten über Sport, Kindererziehung, Autos. Eigentlich immer die gleichen Themen. Unaufgeregte Kommunikation, die floss und etwas Beruhigendes hatte. Reden war mit ihm so einfach. Kein tiefergehendes, kompliziertmachendes Interesse. Und das war genau das, was sie heute Vormittag brauchte.

16

„Du bist aus unserer Geschichte ausgestiegen, oder?"

Sie hörte seine Traurigkeit durch den Telefonhörer. Der Tonfall traf irgendwas in ihr. Erst dachte sie, es sei ihr Herz. Ein Schmerz in der Herzgegend. Oder war es doch Hunger? Dann merkte sie es war etwas, für das sie sich eigentlich schämte.

Mitleid.

Dieser große Mann, den sie als fest in sich verankerten Jungen kennengelernt hatte, mutierte gerade zu einem sabbernden Hund. Immer wieder rannte er dem Stöckchen hinterher, das sie warf, ohne es zu wollen, und am Ende war immer sie diejenige, die die Macht über den Stock behielt. Sie entschied, wann und wohin sie warf. Und auch, wenn sie den Wurf nur antäuschte, rannte er los in der Hoffnung, etwas von ihr zu bekommen.

Wie sollte sie das erklären, was in ihr vorging? Musste sie das überhaupt? Wollte sie es? Um was? War ihre letzte Nachricht an ihn nicht deutlich genug gewesen? Waren ihre Worte nicht angekommen?

„Ich weiß nicht, was ich bin. Ich kann das so nicht mehr."

Reichte das? Würde er das verstehen? Sie merkte, dass sie das erwartete. Sie hat den Spieß umgedreht. Hatte der Berater ihr nicht irgendwann mal geschrieben „Lass frei, was du liebst." Und warum klettete er dann jetzt so? Sie hatte ihm mehr zugetraut.

„Du musst aussteigen!" sagte sie noch und legte dann unangekündigt auf.

17

„Küssen wir uns nochmal… irgendwann?"

Sie hörte sich selber zu und wusste nicht, woher die Worte kamen. Es war Frühling, vielleicht auch schon Sommer. Die Sonne lachte. Sie waren alleine in einem Raum in der Agentur, in dem die Kundenmeetings immer stattfanden.

Ihr Treffen war rein dienstlich, weil sie einen ganztägigen Kundentermin planen musste und der Junge sie dabei unterstützte.

Sie waren beide sachlich, in der Sprache und auch körperlich, klärten kurz und präzise die Rahmenbedingungen, er mit einem kleinen versteckten Lächeln im Gesicht und sie auch. Ihr Herz klopfte ein paar Mal, als ihr klar wurde, dass sie sich hier an einem Ort befanden, wo nie jemand einfach so hinkommen würde. Der Raum war auf einer anderen Etage, weit weg von den Büroräumen der Kollegen.

Sie hatte die alleinige Verantwortung für ihr Tun. Er auch. Sie fühlte sich völlig unbeobachtet, was sie irgendwie beunruhigte, weil es sie verunsicherte. Vielleicht war das der Grund für ihr Herzstolpern.

„Hach… jaja."

Was sollte das heißen? Hach, wäre schön und leck mich am Arsch? Das passte nicht zusammen. Was war er doch für ein Feigling, jetzt als sich diese Chance bot und es ins Leere lief. Als sie nachfragen wollte, merkte sie, die Stimme von eben war weg. Irgendwie hatte sie keine Worte um nachzufragen, was das bedeuten sollte. Und doch blieb für den Rest das Tages ein neues Gefühl in ihr zurück. Es war das erste Mal, dass sie das Gefühl hatte gesagt zu haben, was sie wollte. Sie wollte. Sie will. Sie würde wollen? Getan hatte sie nichts.

18

Arschloch.

Hatte sie ihm geschrieben. Weil er ihr Feigling geschrieben hatte. Wieder einmal versuchte er, sie aus der Reserve zu locken, weil sie ihn abgeblockt hatte. Schreib mir was ist, wo du stehst, was du denkst. Teile das mit mir, ich werde dir zuhören und dir etwas dazu sagen. Das alles versteckte sich in dem Wort Feigling. Sie wusste das, so gut kannte sie den Berater inzwischen.

Nein, würde sie nicht tun. Sie hatte keine Lust, ihn wieder auf ihrem Schoß sitzen zu haben. Sie wusste, er wartete auf einen Punkt, an den er anknüpfen und sie mit seinen Worten verführen konnte. Aus Verzweiflung und Angst sie zu verlieren suchte er nach ihren Inhalten. Er wollte es durchschauen und ihr sagen, was zu tun war. Er war wesentlich älter als sie, fast zwanzig Jahre. Viel mehr Lebenserfahrung und Weisheit. Beides hatte er, sie hatte das schon so oft gespürt und ihn dafür bewundert. Er durchschaute vieles und hatte meistens Recht mit dem, was er sagte. Und sah. Sie liebte ihn dafür. Manchmal fühlte es sich eher an wie ihre beste Freundin, die sie verlassen hatte. Und dann fragte sie sich, ob es das war, was ihr fehlte? Hatte sie sich bloß verlaufen?

19

Diese ständigen Diskussionen über die Kinder. Grundsätzlich immer am Sonntag. Grundsätzlich immer mit dem zweiten Kaffee auf dem Sofa, wenn die Kids noch schliefen. Heinz war wieder mal schlecht gelaunt. Schon das ganze Wochenende und das Wochenende davor und unter der Woche auch.

Gestern war das polnische Mädchen da, um mit unserer Tochter zu spielen. Sie, die Außenseiterin, die unsere Tochter auch auf die Seite gezogen hat. Die dunkle. Sie hat sich ziehen lassen. Weil sie keine Kraft hatte sich zu wehren und weil die Polin ihr ein bisschen leid tat, weil sie keine Freunde hatte. Zweiteres ehrte unser Kind, ersteres schadete ihr. Ließ sie weinen. Sie war noch zu klein, um sich da selber wieder rauszuziehen. Ihr fehlte das Werkzeug. Ich versuchte, Dinge anzuschieben, in ihrem Kopf, indem ich versuchte zu erklären, was ich erklären konnte, weil ich es durchschaut hatte. Gott sei Dank redete sie inzwischen wieder mit mir, nachdem sie sich eine Zeit lang völlig aus allem zurückgezogen hatte. Ich hatte schon Angst, sie verloren zu haben. Als Mutter versagt zu haben. Aber letzten Endes konnte sie noch einmal einfangen. Sie hörte zu, was ich ihr riet. Manchmal wusste ich nicht, ob ich ihr mit dem, was ich sagte zu viel zumutete. Ich sah Parallelen zu mir selber und meinen Freundschaften. Jetzt war ich ja alleine, hatte mich von allen tieferen Freundschaften verabschiedet, weil sie nicht zwecklos gewesen waren. Ich hatte das alles durchdrungen, verstanden und war jetzt in der Lage mich anders zu entscheiden. Ich konnte und durfte nicht verhindern, dass meine Kleine meine Fehler machte und irgendwie versuchte ich sie vor dem Leben zu beschützen. Ich wollte nicht, dass sie traurig war. Dass es dunkel in ihr war, sie es in mir mitunter gewesen ist und immer noch war. Und doch hatte ich schon beobachtet, wie sie in der Badewanne saß und minutenlang auf die weiße Wand starrte. Das war gruselig und jagte mir Angst ein.

„Wenn dieser Prozess jetzt nicht gestoppt wird, dann läuft sie in eine Psychose oder Neurose."

Das hatte mir Ende letzten Jahres der Coach, der mich eine Weile beraten hatte, gesagt. In mir hatte sich alles zusammengezogen. Und wieder einmal badete ich mich in Vorwürfen. Vieles hatte ich kommen sehen und doch konnte ich es nicht verhindern. Warum konnte ich nicht handeln? Was hinderte mich daran? Würde sie durch die gleichen Höllen gehen müssen, durch die ich gegangen war?

20

„Das war du hattest, war eine Herzneurose."

Herzneurose. Einzeln hört sich das eigentlich ganz schön an.

Herz.

Neu.

Rose.

Oder nach dem Nachfolgeformat vom Bachelor.

In jedem Fall nichts Schlimmes.

Hattest.

Hieß das, ich war geheilt? Im Moment, als mein Coach mir das sagte, war ich etwas nervös. Mein Herz schlug zu schnell, aber sonst ging es mir eigentlich ein bisschen gut. Aber was wusste sie schon. Sie war in meinem Außen und äußerte sich über mein Inneres. Woher sollte sie wissen, wie es in mir aussah?

Wusste ich es selber?

21

Sie torkelten nach der Veranstaltung am Rhein zurück zur Agentur. Sie hatte ihr Auto stehen lassen, weil die Eventlocation fußläufig zu erreichen war und die meisten Teilnehmer auch zu Fuß gegangen waren. Schon auf dem Hinweg war ihr nicht gut. Eigentlich ziemlich elend. Wieder einmal das Gefühl, ihr Herz würde stehen bleiben, jetzt, gleich oder im nächsten Moment. Ein unsympathischer Kollege, ein Klugscheißer, der sie ständig Sachen fragte, die sie nicht beantworten konnte, Politik, Wirtschaft und andere gesellschaftliche Themen. Das verunsicherte sie zusätzlich, verschlimmerte den Zustand des sich falsch Fühlens und sie war etwas außer Atem vom Tippeln in ihren hohen Ausgehschuhen, die ihr nicht halfen, dass sie sich größer fühlte.

Der Abend war schrecklich. Nirgendwo fühlte sie sich wohl. Leute, die redeten und lachten und sie stand wie eine leere Hülle daneben. Während der gesamten Veranstaltung hatte sie Herzrasen, konnte nicht entspannen, obwohl sie in der Dunkelheit mit den anderen Gästen im Publikum zu einer grauen Masse verschwamm. Ständig fühlte sie ihren Puls, ihre Nerven vibrierten. Später dann traf sie den Jungen auf der Terrasse der Bar, dort wo die Raucher sich aufhielten. Eigentlich wollte sie nicht mehr rauchen, hatte wieder mal seit ein paar Tagen aufgehört, hoffte aber, dass die Kippe ihr helfen würde, sich dazugehörig zu fühlen. Kurzfristig funktionierte es auch. Dann fiel sie wieder raus, aus der Gruppe, dem Dazugehören, der Qualm der Kippe war das einzige, was sie füllte. Sie stand nur daneben, gehörte nicht dazu und hatte sich letzendes wieder einmal selbst verloren. Sie fror. Plötzlich bekam ein anderer Kollege mit, dass sie zitterte, weil er direkt neben ihr stand, und wärmte sie, unaufgefordert, indem er sich von hinten an sie drängte.

Irgendwie war ihr das peinlich, aber aus lauter Klapprigkeit, die durch das Nervenzittern noch verstärkt wurde, ließ sie es zu, weil es ihr ein bisschen Stabilität verschaffte.

Es war klar, dass sie am Ende gemeinsam den Abend verlassen würden. Eine Kollegin war erst noch dabei, am Ende des Abends, als sie im Begriff waren zu gehen, was etwas störte und sie beunruhigte, dann verschwand sie endlich mit ihrem Fahrrad in eine andere Richtung.

Dann waren sie alleine und noch nicht mal außer Sichtweite des Ausgangs, als er sie am Rhein sanft an das Geländer drückte und sie seufzend küsste. In ihr rührte sich nichts. Sie war zu nüchtern, vielleicht. Das einzige was sie fühlte, war der Pelzkragen seiner Jacke im Mund und sie überlegte, ob das mal ein Kaninchen gewesen war. Kurzzeitig ekelte sie das, dann fragte sie ihn nach einer Kippe.

Arm in Arm spazierten sie zurück zum Parkplatz. Er wurde nicht müde ihr Komplimente zu machen. Sie hörte die Worte, aber die Worte füllten sie nicht, sondern landeten wie eine Schneeflocke im Rhein und schmolzen sofort. Es war ihr eher etwas unangenehm.

„Du musst aufpassen, dass du nicht die Bodenhaftung verlierst."

Vermutlich war er zu betrunken, um sie zu sehen. Sie passten nicht zusammen, an diesen Abend. Es half auch nichts, dass sie die komplette Strecke eng umschlungen zurücklegten. Ihre Arme stellten keine Verbindung her. Sie zog tief an ihrer Zigarette.

22

Mit ihm war es so anders. Es war einfacher. Vielleicht, weil er einfacher war. Nicht im Sinne von oberflächlich oder dumm oder einfältig. Eigentlich kannte sie ihn kaum, weil ihre Nähe eine andere war. Nicht so tief wie mit den anderen, damit ging es ihr besser. Sie ertappte sich manchmal dabei, wie sie die Geschichte von vor zwei Jahren in ihm suchte. Die, die ihr fast alles gegeben hatte, was sie je gesucht hatte und sie am Ende doch fast auseinandergerissen hatte, weil es sie verschlungen hatte. Sie versuchte, daran anzuknüpfen, in dem sie das aufgriff, was sie am Anfang der alten Geschichte so beflügelt hatte.

Sie schickte ihm lustige Whats-App-Nachrichten, kicherte dann darüber, freute sich über ihre Kreativität, die ihr einfach entsprang, ohne dass sie sich anstrengen musste. Irgendwie verstand er sie dann nie. Er sagte ihr dann ganz oft, wenn sie sich in der Cafeteria trafen, dass er nicht wusste, was sie mit dem, was sie geschrieben hatte, meinte. Sie sagte dann sowas wie, es ist ein Wortwitz und er nickte und es war tot. Manchmal machte sie das traurig. Und eigentlich war es gut so. Je länger die Geschichte zurücklag, umso weniger fehlte sie ihr.

Zeit…

Dann gab es diese Momente, die sich ihrer Kontrolle entzogen. Manchmal trug er etwas zu viel seines Parfums auf. Sie mochte es eigentlich nicht mal sonderlich. Es war ein wenig komplexer Duft, der sich nicht veränderte und an allen seinen Körperteilen zu kleben schien. Weil sie ihn so feste drückte, morgens, wenn sie gemeinsamen Kaffee tranken, sie sich so lange festhielten, blieb etwas von seinem Duft bei ihr. An ihr. Vielleicht von seinen Haaren. Seinem Gesicht. Seinem Hals. Wurde zu einem Teil von ihr. Veränderte sie manchmal. An manchen Tagen war es etwas unangenehm, weil sie sich so fühlte, als sei sie nicht sie selbst. An anderen Tagen verführte es sie und sie konnte nicht aufhören, an ihn zu denken. Konnte sich nicht auf ihre Arbeit konzentrieren. Spürte dieses Brennen zwischen ihren Schenkeln, was sie nicht mochte, weil sie so nicht sein wollte. An diesen Tagen rief sie dann mehrfach nach ihm.

„Kaffee?"

Er kam immer. Manchmal etwas später. Manchmal schwitzend. Manchmal frierend. Manchmal abgehetzt. Aber er kam. Und jedes Mal strahlte er. Und sie strahlte. Und sie fühlte sich dann wieder gut. Seine Nähe war angenehm. Unaufdringlich. Und je öfter sie ihn an diesen Tagen, an denen sie nicht sie selbst war, sah, umso mehr ließ sich die Lust wieder kontrollieren. Wurde kleiner. Die Langeweile im Büro war an diesen Tagen besser zu ertragen.

23

Obwohl es in der Toilette relativ dunkel gewesen war, weil ich das Licht nicht angemacht hatte, war der zweite Strich eindeutig, auch wenn er noch ziemlich blass war. Ich weiß nicht, warum ich in diesem Moment großes Glück verspürte. Vielleicht, weil sich mein Körper an die Male erinnerte, als es nach Zeiten des Wartens und der Vorfreude geklappt hatte.

Unser Haus hatte genug Zimmer, davon zwar zwei im Souterrain und mit Sicherheit nicht optimal, aber mit Fenster und Fußbodenheizung zumindest bewohnbar und mit viel indirektem Licht, das ich ja noch kaufen könnte, würde es bestimmt ziemlich gemütlich sein. Clemens und Charlotte, die altersmäßig nur knapp zwei Jahre auseinander waren und sich darüber hinaus auch meistens gut verstanden, würden sich vielleicht sogar freuen, sich dort unten in ihren neuen Zimmern vor dem Babygeschrei verkriechen zu können, stellte ich mir vor. Außerdem gerieten Clemens und Benedict, die sich bis jetzt ein Zimmer teilten, in letzter Zeit immer öfter wegen irgendwelcher Spielsachen in ihrem gemeinsamen Zimmer aneinander, so dass eine Trennung, Benedict würde oben bleiben, für beide bestimmt gut wäre, weil jeder so sein eigenes Zimmer hätte.

Es passte also alles.

Ich hatte keine Vorstellung, wie Heinz reagieren würde. Benedict war eigentlich auch nicht geplant gewesen und obwohl Heinz zunächst die Kinnlade runtergefallen war, als ich ihm freudestrahlend den Schwangerschaftstest gezeigt hatte und er erstmal eine Runde laufen gegangen war, sagte er letztendlich etwas, womit ich nicht gerechnet hatte, aber was für ihn, das war eindeutig, seine Art war auszudrücken, dass es o.k. war.

„Dann solltest du dir schon jetzt mal überlegen, welches Auto du fahren möchtest. Der Kombi ist dann ja wohl zu klein…"

Inzwischen fuhr ich einen Touran, den man auch zu einem Siebensitzer umbauen konnte. Das passte also auch, Platz genug für alle. Würde er mir vielleicht vorschlagen, umzuziehen, weil er die Idee mit den Zimmern im Souterrain blöd fand? Es würde mich nicht wundern…

„1-2 Wochen" zeigte der Test an. Ich überschlug grob den ungefähren Geburtstermin, der auch gut passte, weil er zeitlich weit genug von den anderen Geburtstagen weg war und mir keine Torten-Marathon-back-Tage bescheren würde. Dann rechnete ich noch kurz zurück, weil ich wissen wollte, ob es an dem Tag passiert war, der mir spontan einfiel.

Dann wurde ich ohnmächtig und schlug hart auf den Fliesen auf.

24

Verzweifelt stand ich am nächsten Tag an der Kreuzung und suchte nach dem richtigen Weg. Ich weiß nicht, warum ich mich plötzlich nicht mehr erinnern konnte, wo lang ich fahren musste. Schließlich war es mein Weg von der Arbeit nach Hause und ich war ihn hunderte Male gefahren. Es konnte doch nicht sein, dass ich nur, weil die Ampeln ausgefallen waren, plötzlich nicht mehr wusste, was zu tun war. Ich schaute mir alle Möglichkeiten sorgsam an und konnte keinen Unterschied erkennen. Ich fühlte nicht einmal etwas, was mir hätte eine Idee von einer Richtung geben können. Wohin sollte ich gehen? Der rege Verkehr um mich herum konnte mich kurzzeitig von meinen Gedanken ablenken. Bis zu dem Zeitpunkt, an dem mir mit voller Wucht klar wurde: meine ständigen Versuche los zu rennen und zu finden hatten mich an den Rand befördert. Ich gehörte nirgendwo mehr hin. Ich war keine Ameise mehr.

25

Die nächsten drei Wochen wurden zur absoluten Hölle. Es fing damit an, dass ich eines samstags in der Stadt keine Luft mehr bekam. Die Kinder waren bei meinen Eltern, wir mussten ein paar Dinge erledigen und würden anschließend zu zweit in Ruhe Mittagessen gehen, was uns gut tun würde. Dann, als ich ohne Heinz bei Zara war, etwas lustlos durch die Klamotten wühlte, alles anfasste und wieder losließ, fühlte ich mich etwas unwohl. Zuerst versuchte ich noch, es zu ignorieren. Was leider nicht funktionierte, weil ich mit einem Mal das Gefühl hatte, mich auf meine Atmung konzentrieren zu müssen, damit diese nicht plötzlich aufhörte. Das Atmen war anstrengend und ich dachte erst noch, dass diese ekelige Luft in den Geschäften einfach unerträglich war, weil ich hoffte, dass mich mein Verstand heilen würde. Es würde funktionieren, Verstand über alles, fiel mir noch ein, bevor die Panik durch meinen Körper floss, meine Gliedmaßen unkontrolliert zitterten, ich Schweißausbrüche bekam und wusste, dass mein Körper die Kontrolle übernommen hatte und ich ausgeliefert war. An diesem Punkt war ich mir sicher, ich würde ersticken.

Gedanken sind keine Realität, hämmerte es durch meinen Kopf. Noch gab ich nicht auf. Beherrschten Schrittes verließ ich das Geschäft, ich brauchte Luft, das würde helfen. Draußen atmete ich tief ein, in der Hoffnung, die frische Luft würde gut tun, was nicht stimmte, weil sich um mich herum plötzlich alles drehte, dann zu einer grauen Masse verschwamm und schließlich schwarz wurde.

Dann hatte ich Glück.

Wie aus dem Nichts hatte Heinz einfach neben mir gestanden. Wäre er nicht dort gewesen, in diesem Moment, aus dem Nichts, ich wäre umgefallen und auf den Asphalt aufgeschlagen.

Kraftvoll umschlang er meinen Körper, gerade rechtzeitig, und hinderte so meine Beine daran, einfach so wegzuknicken. Ich versuchte tief aus- und einzuatmen und wartete verzweifelt darauf, dass sich mein Körper wieder beruhigte.

„Geht es wieder?" Besorgt streichelte er über meinen Kopf, als ich wieder bei mir war, worüber ich etwas erschrak, weil er das lange nicht mehr gemacht hatte. Ich hatte vergessen, wie sich das anfühlte und dass ich es gemocht hatte, früher mal, weil es irgendwie einzigartig gewesen war. Und jetzt erinnerte ich mich. Was mich etwas von mir ablenkte und von dem Herz, dass plötzlich wild und unkontrolliert gegen meinen Brustkorb schlug.

Ich schüttelte den Kopf. „Können wir fahren… bitte?"

Ich konnte mich nicht mehr erinnern, wie ich anschließend zum Auto gekommen war und realisierte erst, dass ich im Auto saß, als der Anschnallgurt laut in seine Verankerung klappte, weil Heinz mich offensichtlich angeschnallt hatte. Die Fahrt noch Hause schien zeitlos, das Außen grau, vorbei huschend, unbedeutend, weil meine Hand an meinem Puls verharrte während ich dafür betete, dass es endlich aufhören würde. Außer meinem Herzschlag nahm ich nichts mehr wahr. Erst, als ich einen Finger im Ohr spürte und ich Clemens' Kichern durch meine wie mit Watte gefüllten Ohren dumpf wahrnahm, wusste ich, die Kinder waren hinter mir, aufgereiht wie die Hühner auf der Stange und in zwei Minuten würden wir zu Hause sein.

Eine Stunde später war Ruhe. Fast so, als wäre nichts gewesen. Wieder mal tastete ich sämtliche Regionen meines Körpers ab, um sicher zu gehen, wieder Vertrauen zu können, fuhr mit meinem Bewusstsein in die Hände und Füße, die nicht mehr kribbelten, zu meiner Lunge, die sich wieder von alleine aufblähte und zusammenzog, zu meinem Herzen, dass kraftvoll pumpte und das Blut durch meinen Körper schickte. Ich war wieder ich und nicht das Opfer, die Ausgelieferte, die Sklavin von beängstigenden Körperreaktionen, die sich nicht kontrollieren ließen.

Heinz hatte mir ein Bad eingelassen, Lavendel, es duftete bezaubernd, entführte mich, machte mich sanft und dankbar. Die Kinder waren im Bett, Heinz hatte das Zubettgehritual übernommen, ohne dass ich darum gebettelt hatte und der Stille nach zu urteilen waren sie auch schon eingeschlafen. Nie wieder wollte ich aus der Badewanne aussteigen, mein Verstand war in einen lilafarbenen Dunst eingehüllt und ließ mich eine Weile alles vergessen. Als Heinz sich schließlich zu mir in die inzwischen etwas kühl gewordene Badewanne legte, war für einen kurzen Moment alles so, wie es sein sollte.

26

„Sie sind schwanger und wissen nicht, ob Sie sich für das Kind entscheiden sollen? Eine Schwangerschaftskonfliktberatung ist für einen straffreien Schwangerschaftsabbruch gesetzlich vorgeschrieben.

<u>Wie und wozu werde ich beraten?</u>

Eine Schwangerschaftskonfliktberatung kann anonym durchgeführt werden. Die Beratungsstelle unterliegt in jedem Fall der Schweigepflicht.

Zu den Beratungen können Sie sich von Personen Ihres Vertrauens begleiten lassen.

Sie erhalten eine umfangreiche sozialrechtliche und medizinische Beratung und Informationen über finanzielle Unterstützungsmöglichkeiten, die Ihnen die Fortsetzung der Schwangerschaft erleichtern könnten.

Wir geben Ihnen alle medizinischen und rechtlichen Informationen zum Schwangerschaftsabbruch.

Auf Wunsch erhalten Sie nach der Beratung die gesetzlich erforderliche Beratungsbescheinigung für einen Schwangerschaftsabbruch.

Welche Entscheidung Sie auch treffen, wir unterstützen Sie in Ihrer schwierigen Situation und sind auch später als Ansprechpartnerin oder Ansprechpartner für Sie da.

Auch wenn Sie in der Schwangerschaft erfahren, dass Ihr Ungeborenes möglicherweise nicht gesund ist, sind wir beratend für Sie da."

(Quelle: „Schwangerschaftskonfliktberatung", https://www.stadt-koeln.de/service/produkt/schwangerschafts-konfliktberatung-1?kontrast=weiss, 31.01.2019)

27

Ziemlich verschwitzt kam sie im Hotel an. Es war sehr heiß an dem Tag, als sie den Berater zum ersten Mal getroffen hatte und sie war ziemlich aufgeregt oder vielleicht auch nervös und etwas unsicher. Sie trug eines ihrer Lieblingstops und den Rock mit den Blumen, für den sie schon viele Komplimente bekommen hatte. Eigentlich konnte nichts schief gehen.

Das Hotel war klimatisiert. Kurz blieb sie in der Lobby stehen, um ihren Körper etwas abkühlen zu lassen und sich zu sammeln. Durchzuatmen. Ruhiger zu werden. Woher kam diese Angst, die ihr von hinten am Nacken klebte und sie nicht loslassen wollte? Vielleicht weil es ihre Stadt war, in der sie sich trafen. Eine von einer Million. Völlig unrealistisch eigentlich, jemanden zu treffen, der sie kannte oder den sie kannte. Sie wusste das. Und trotzdem fühlte es sich nicht gut an, hier zu sein. Noch konnte sie weg. Auf dem Absatz kehrt machen, zurück zum Auto, ihm eine Nachricht schreiben, aussteigen, aus einer weiteren Geschichte, bevor sie eingestiegen war und es ihr zu einem späteren Zeitpunkt schwerer fallen würde, weil sie sich dann an ihn gewöhnt hatte, vielleicht. Und doch bewegten sich ihre Beine wie von alleine, schoben sie durch die Lobby, quer durch das Restaurant, auf die Terrasse, die aufgrund des guten Wetters gut besucht war. Kurz blieb sie stehen, im Rahmen der Terrassentür, von außen schlecht sichtbar, weil die Sonne hoch am Himmel stand und blendete, scannte in unglaublicher Geschwindigkeit alle Gesichter, die sie sehen konnte und stellte erleichtert fest, dass es Fremde waren. Auch er war nicht dabei.

Im Gegensatz zu ihr wirkte er sehr lässig, wie er da auf der Parkbank saß, die ein paar Meter hinter der Terrasse am See stand, den Rücken ihr zugewandt, die Beine breit auseinander, ein Arm quer über die Rückenlehne. Irgendwie wirkte es so, als ob die Bank sein Eigentum wäre. Vielleicht wollte er so, wie er da saß, auch einfach verhindern, dass eine Person, die nicht sie war, neben ihm Platz nahm und ihnen so die Chance auf ein bisschen Zweisamkeit in Anführungsstrichen nehmen würde. Noch hatte er sie nicht gesehen. Ihre Schulterblätter waren so eng zueinander gezogen, dass ein Falte auf ihrem Rücken entstand, in der sich ihr Schweiß sammelte. Auch als sie tief durchatmete, änderte sich daran nichts. Die Falte würde bleiben.

Sie sah noch, wie er auf seine Armbanduhr schaute, sich dann abrupt zu ihr umdrehte, breit grinste und ihr so die Gelegenheit nahm. Sie versuchte zu schlendern, was ihr nicht gelang, weil ihre Knie aus irgendeinem Grund mit jedem Schritt aneinander schlugen, so als würden ihre Beine falsch in der Hüfte hängen.

Es dauerte nur ein paar Sekunden, bis er den Abstand, den sie versucht hatte herzustellen, als sie sich zu ihm auf die Bank gesetzt hatte, durchbrach und ihre Oberschenkel sich an den Außenseiten berührten.

Damit hatte sie nicht gerechnet.

Bisher waren es nur Worte gewesen, die sie berührt hatten, meistens durch den Telefonhörer, wenn sie im Büro lange miteinander telefoniert hatten, als sie alleine gewesen war und sie die Tür, die sonst immer offen stand, geschlossen hatte und einen Telefontermin mit irgendeinem Kunden in den Kalender eingetragen hatte, damit niemand auf die Idee kam, sie zu stören. Was in den letzten Monaten häufig vorgekommen war, weil ihre Kollegin sehr viele Termine gehabt hatte und sie stundenlang miteinander telefonieren konnten, wenn sie alleine im Büro war.

So war diese Nähe zu ihm entstanden.

Erst im Kopf.

Und dann irgendwann ein bisschen im Herzen, obwohl sie versucht hatte, ihn da rauszuhalten.

„Sollen wir uns ein Hotelzimmer nehmen?"

Sie wunderte sich nicht über seine Frage, eher war es die logische Konsequenz auf sein körperliches, unangenehmes Drängen auf der Parkbank, Finger, dann Hände, die Arme auch, dem sie permanent auswich, ohne dass er damit aufhörte. Sie lächelte, war aber innerlich erstarrt, weil sie nicht verstehen konnte, dass er diese Frage stellte, obwohl sie ihm körperlich eindeutige Signale gesendet hatte.

Hatte sie doch, oder?

Merkte er das denn nicht, dass sie seine Nähe dort auf der Parkbank nicht wollte? Sie hatten sich noch nicht einmal geküsst, auch vorher nicht, weil sich die Gelegenheit nicht geboten hatte oder weil sie noch nicht so weit gewesen waren. Und jetzt das.

„Was hälst du von einem schönen, kühlen Bier?"
Sie war erleichtert, stand etwas zu schnell auf
und steuerte auf die Terrasse zu, ohne dass sie
merkte, dass er einen anderen Weg eingeschla-
gen hatte als sie.

„Komm, wir gehen ein bisschen."
Als er sich zu ihr umdrehte, etwas schief grinste
und ihr seine Hand entgegenstreckte, passten sie
plötzlich wieder zusammen und sie konnte ihm
folgen. Es überraschte sie, dass er an der nächsten Tankstelle, an der sie vorbei kamen, zwei Fla-
schen Kölsch kaufte, ihr zuprostete und sie anschließend an ihrer Hand zu dem See hinter dem
Hotel zog, die Schuhe, die teuer gewesen waren,
von seinen Füßen riss, die Socken gleich mit, alles unvorsichtig unter einen Busch schmiss, die
Anzughose hoch krempelte und seine Füße im
Wasser baumeln ließ.

„Komm! Fußbad!"

Es sah aus wie die Wiederholung des Bildes auf der Bank, nur dass sie, als sie ihre Latschen ordentlich ans Ufer gestellt hatte und die Füße ins kalte Wasser tauchte, auf der anderen Seite neben ihm saß und dieses Mal der Abstand, gut eine Hand breit, die ganze Zeit, die sie dort saßen, bestehen blieb.

Sie redeten viel miteinander, grenzenlos, sie hatte das Gefühl, dass sie ihm alles sagen konnte, dass er hören wollte, was sie zu sagen hatte, die richtigen Fragen stellte, so dass sie beinahe den Zeitpunkt verpasste, an dem sie wieder fahren musste, weil die Kinder auf sie warteten. Etwas gehetzt kam sie schließlich von der Hotel-Toilette, nachdem sie ihn und eigentlich sich selber auch zum Gehen gedrängt hatte, hatte sich das Gesicht, die Hände, die Arme, die Achseln, die Füße und sogar die Beine mit einer gut riechenden Seife gewaschen, aber eigentlich nur, weil das Hotel ebenfalls eine Bodylotion und ein Deo bereit gestellt hatte, so dass sie nun, komplett erfrischt, fast wie gerade geduscht, problemlos in ihren Wagen steigen konnte. Sie würde ihm nur noch ein zeitsparendes Tschüss zurufen, beim Rausgehen oder über den Parkplatz, je nachdem wo er auf sie warten würde und dann diese Welt irgendwie unberührt verlassen. Doch dann, als sie ihn sah, wie er da an seinem Auto lehnte, einem nagelneuen, schwarz glänzenden Benz, ein Bein angewinkelt, mit dem Fuß an der Fahrertür, hatte sie plötzlich Bauchweh, dachte sie zumindest, weil sich etwas unangenehm in ihrer Magengrube bewegte, bis sie sich daran erinnerte, wie es sich anfühlte, wenn man verliebt war. Gerne hätte sie dieses Gefühl einfach mitgenommen, weil es ihr gehörte und ungewohnt war und weil es schön war und einfach, als er sie packte, zu sich zog und etwas ungelenk aber vorsichtig küsste. Es war eher wie ein Hauch, fühlte sich an wie eine Frage, kurzzeitig wollte sie mehr, was sie nicht durfte weil die Kinder warteten und sie zu viel spät kommen würde und lügen so sehr hasste. Den Rest des Tages war sie etwas durcheinander und vergaß darüber sogar Annica's Klavierunterricht, was ihr noch nie passiert war.

28

Das Sprechen fiel mir schwer, weil ich nicht aufhören konnte zu weinen. Mein Gegenüber, eine Frau Mitte fünfzig mit typisch deutschem Altersfaulheitskurzhaarschnitt, und einem gleichförmigen Gesichtsausdruck, reichte mir routiniert die Kleenex-Box, die sie zuvor lautstark aufgerissen hatte, weil sie anscheinend noch neu und unbenutzt war. Ich wusste, es war ein Fehler, alleine hierhin zu kommen, niemanden zu haben, der die Worte aussprechen konnte, falls sie mir im Hals stecken bleiben würden, weil ich nicht die Kraft hatte, sie auszusprechen, niemandem zum Festhalten, der meine Hand hielt oder der mich in den Arm nehmen konnte, wenn ich das alles nicht mehr aushielt.

„In der wievielten Woche sind sie?"

Die Frau, deren Namen ich nicht lesen konnte, weil das Namensschild, das sie an ihrer Brust trug, tränenbedingt verschwommen war, hatte eine Kladde mit Stift und Papier zu Hand genommen und würde sich wohl ein paar Notizen zu dem Gespräch machen.

„8te." Meine Antwort war eher ein Schluchzen und hörte sich an wie ach…schluchz…ze.

„Familienstand?"

„Ver…heiratet."

„Kinder?"

„Dr…hei."

Die Frau notierte augenscheinlich meine Antworten und sah mich dann schweigend und lange an.

„Weiß ihr Mann davon?"

Ich schüttelte den Kopf. Wieder notierte sie etwas.

„Können sie mir den Grund sagen, warum Sie es in Erwägung ziehen, die Schwangerschaft abzubrechen?"

Ich hatte nicht damit gerechnet, dass man mir diese Frage stellen würde. Im Netz hatte gestanden, das man hier, im Familienberatungszentrum in Chorweiler, beraten werden sollte, was ich nicht brauchte, weil ich die Entscheidung bereits getroffen hatte. Aber eigentlich fühlte ich mich hier eher wie bei einem Verhör.

„Sie haben, rein theoretisch, noch ungefähr vier Wochen Zeit. Ich rate Ihnen daher dazu, sich mit ihrem Mann zu besprechen, bevor sie eine endgültige Entscheidung treffen."

Das war also jetzt die Beratung und das Letzte, was ich hören wollte, geschweige denn tun würde, aber woher sollte sie wissen, dass das keine Option war. Vermutlich war das Teil der Weiterbildung zum Schwangerschaftskonfliktberater, man lernte, solche Empfehlungen auszusprechen, irgendwas Vorgefertigtes, Berechnetes, wenn a dann b usw. oder aber sie hatte aufgrund ihrer langjährigen Erfahrung in jeder Situation immer die richtigen Sätze parat.

„Mein Mann…" fing ich an und suchte nach den richtigen Worten. Die Frau nickte mir zu, nickte dann, als ich nicht weitersprach nochmal, wahrscheinlich wollte sie mich damit ermutigen weiterzureden.

Verstorben, fiel mir spontan ein, was schwierig war, ich wusste nicht, ob sie nachprüfen würde, ob das stimmte und was es für mich bedeuten würde, wenn sie herausfand, dass es eine Lüge war.

„…ist…"

Ausgezogen, wäre auch eine Möglichkeit, aber prinzipiell das gleiche in grün.

Vielleicht nicht der Vater, brachte ich nicht über die Lippen, was egal war, weil dieser herausgepresste Halbsatz anscheinend genügte, um den gestempelten Beratungszettel, den ich dem Arzt geben musste, der den Abbruch vornehmen würde, zu bekommen. Vielleicht auch, weil der Fluss der Tränen wieder angefangen hatte aus mir rauszulaufen und möglicherweise genug aussagte, den Satz vervollständigte, ohne dass ich der Frau weitere Erklärungen liefern musste.

29

Der Termin war in 9 Tagen.

Ein Teil von mir wünschte sich, der Termin wäre schon am nächsten Tag, es machte mir Angst, Zeit zu haben, zum Nachdenken, für Unsicherheit, vor anderen Entscheidungen, ich war mir nicht sicher. Ich war gereizt, fürchterlich gereizt, was wohl zum einen an den Hormonen, die in Massen durch meinen Körper flossen, lag und zum anderen an der Wut auf mich, mich in solch eine Situation gebracht zu haben. Wobei die Unsicherheit das größte Problem dabei war. Die Entscheidung, die ich getroffen hatte, beruhte nicht auf Fakten, sondern auf Mutmaßungen, Berechnungen, Mittelwerten und Gefühlen. Das machte mich dünnhäutig, zog mir die Füße weg. Ich fühlte mich, als würde ich unter einer Käseglocke leben, alles um mich herum war dumpf, verschwommen, wie im Traum, aber in einem schlechten. Ich ertrug meine eigenen Kinder nicht, konnte ihre Stimmen nicht ertragen, alles war zu laut, ich konnte mich kaum um sie kümmern, motzte sie wegen Kleinigkeiten an, manchmal so heftig, dass Benedict anfing zu weinen, es fühlte sich fürchterlich an.

Mein Körper konnte nicht mehr entspannen. Ich hatte permanent das Gefühl, die Finger in der Steckdose zu haben. Strom floss durch meinen Körper, es vibrierte unter der Haut, die Hände und Füße fühlten sich manchmal taub an, so als würden sie nicht zu mir gehören oder würden absterben. Die Ameisen, die über und unter meiner Haut zu krabbeln schienen, hinderten mich am Schlafen und ich wurde schließlich selbst zur Ameise. Das Gefühl, ganz klein zu sein und der Wunsch, sich in irgendwelchen Ritzen vor dem Leben da draußen zu verstecken, damit niemand mir ansah, was ich gerade durchmachte.

„Kaffee?" Der Junge wurde nicht müde, mir jeden morgen zu schreiben, auch wenn ich permanent absagte, ich hätte zu viel zu tun, was nicht stimmte, weil ich gar nichts zu tun hatte, weil meine Kollegin die ganze Woche auf irgendwelchen Terminen quer in ganz Deutschland war. Ich wusste nicht, ob er mir ansehen würde, dass ich etwas Schweres, Erdrückendes, was eigentlich noch kaum Gewicht hatte, rein physisch betrachtet, mit mir rumtrug. Ich wollte keine Fragen über mich ergehen lassen, die ich nicht beantworten konnte und würde und hatte gleichzeitig Sorge, dass ich entdeckt wurde, ohne etwas zu sagen, etwas ausdünstete, mir auf der Stirn stand.

Die Nummer des Beraters hatte ich blockiert. An diesem Punkt meines Lebens wollte ich das, was ich mir so lange gewünscht hatte, was mir in meinem eigentlichen Leben so sehr fehlte, was ich nicht absichtlich gesucht aber doch gefunden hatte, nicht haben.

Gleichzeitig konnte ich es kaum aushalten, alleine zu sein. Heinz hatte viele späte Termine oder Geschäftsessen und kam erst nach Hause, wenn ich schon im Bett war, erschöpft und nass vor Tränen, weil, sobald es um mich ruhig wurde, der Tag vorüber war, ich ihn überstanden hatte, die Tränen kamen, eher schossen und zu einem unbändigen Fluss wurden, der nicht mehr versiegen wollte. Und selbst wenn Heinz da gewesen wäre, hätte er nicht mitbekommen, dass mit mir etwas nicht stimmte, ich hätte mich alleine gefühlt, einsam in unserer Ehe. Weil er dann, müde von der Arbeit, mit seinem Tablet in den Ohrensessel versinken würde. Stundenlang Lesen, im Ohrensessel einschlafen und vielleicht auch erst am nächsten Morgen dort wieder erwachen würde, mit Nackenschmerzen und schlechter Laune. Und eigentlich war es doch gut so, was wäre gewesen, hätte er es gewusst, es hätte es nur unnötig verkompliziert, was hätte ich getan, wenn ich es ihm gesagt hätte und er gesagt hätte: behalt es?

Inzwischen hatte ich auch keine Angst mehr von meinem Herzen, es war eher ein Geschenk, ein Stück Hoffnung. In den Momenten, an denen es mir so schlecht ging, dass ich dachte, ich könne nicht aufstehen, unter der Last die ich trug, und die Kinder das einzige waren, was mich am Leben hielt, wünschte ich mir, es würde einfach aufhören zu schlagen, mein eigenes Herz, nicht das des Ungeborenen, das noch schlug, oder eher vibrierte, weil es noch so klein war. Hör endlich auf zu schlagen, flehte ich, quäle mich nicht mehr und rette vor diesen fürchterlichen Zeit des Wartens, bis es endlich vorbei war und ich wieder ein normales Leben führen konnte.

30

Noch 4 Tage.

Ich musste zu einem Frauenarzt, der nicht meiner war, weil dieser grundsätzlich den Weg meiner Entscheidung ablehnte, um ein Vorgespräch zu führen und den Zettel der Beratungsstelle abzugeben, der mir erlaubte das zu tun, was ich tun musste. Wieder fing ich an zu weinen, als der Arzt mich fragte, ob ich mir sicher sei, natürlich war ich das nicht, aber was änderte das jetzt schon. Zögerlich nickte ich, er fragte nicht nach meinem Mann, es ging hier nur um mich, ließ mir stattdessen den Blutdruck messen und untersuchte anschließend meinen Unterleib, per Ultraschall. Ich hasste ihn dafür, dass ich von meiner Position auf dem Untersuchungsstuhl auf das Schwarz-weiß-Bild des Monitors schauen konnte, auf dem das Baby war. Und das gleichmäßig schlagende Herz machte mich wütend, weil es in mir schlug und gleichzeitig nicht meins war und weil ich mich danach sehnte und weil ich fürchtete, dass ich vielleicht nie wieder eins haben würde, weil ich gerade im Begriff war, es komplett zu zerstören, es dauerhaft zu beschädigen, ein weiteres Stück herauszureißen und so die letzte Chance auf Heilung zu verschenken.

31

Ich saß im Taxi.

Das ist das nächste, an was ich mich erinnere. Die Zeit dazwischen fehlt mir komplett, vielleicht, weil mein Verstand sich verabschiedet hatte, weil er das, was ich ihm zumutete, nicht aushalten konnte. Als ich schließlich bei dem Arzt ausstieg, an dem Tag und zu der vereinbarten Uhrzeit, konnte ich nicht auf die Klingel drücken. Ich stand einfach da, vor der Praxis, starrte auf den Klingelknopf und konnte mich nicht mehr bewegen. Ich wartete darauf, dass ich umkippen würde, dass meine Beine einfach nachgaben, ich ohnmächtig wurde, einen Herzinfarkt bekam, einen Schlaganfall, irgendwas, was mich von allem erlöste und stattdessen stand ich einfach nur da, den Zettel der Beratungsstelle in meiner Hand, zerknittert, das fühlte ich, ohne mich daran erinnern zu können, es bewusst getan zu haben, es war jetzt einfach so.

Ich erschrak, als ich eine Hand auf meiner Schulter spürte, die tippte, und wieder tippte und ich etwas Dumpfes wahrnahm, das nicht richtig zu mir durchdrang, ich hörte nur eine Art rauschen und dachte, das käme vielleicht von der Straße, die hinter meinem Rücken war, den vorbeifahrenden Autos, die auf dem Weg waren und ich, die hier stand und nichts tun konnte.

„Kann ich Ihnen helfen?"

Ich verstand die Worte, jetzt. Ich erkannte auch die Stimme. Es war der Taxifahrer, der mich anlächelte und offensichtlich gewartet hatte und ausgestiegen war, vielleicht um eine Pause zu machen, Zigarettenpause, egal was, er stand hinter mir und wollte mir helfen. Ich antwortete nicht, weil ich nicht konnte und mein Kopf leer war, er nahm vorsichtig meine Hand, die mit dem zerknüllten Zettel, warf ihn, den Zettel, achtlos auf die Straße, was ich nicht ändern konnte, ich ließ mich zu seinem Taxi führen, er drückte mich sanft an den Schultern auf den Beifahrersitz und ich ließ es geschehen. Er hatte einen Kanister aus dem Kofferraum geholt, einen 5-Liter-Kiste mit Wasser, formte meine Hände zu einer Schale, schüttete anschließend so lange Wasser in meine Hände, bis es überlief und mir auf die Schuhe platschte.

„Trinken", wies er mich an, drückte mir meine Hände sanft gegen den Mund und ich trank. Als nichts mehr da war, ich alles ausgetrunken hatte, tupfte er mir vorsichtig die Handflächen mit einem alten Lederlappen ab, schob meine Füße in den Fußraum, schlug die Tür zu, stieg ein, startete den Motor und fuhr los.

Dann war ich wieder zu Hause. Der Taxifahrer hakte mich unter, stützte meinen Körper, ohne dass ich ihn darum gebeten hatte, aber ich brauchte es, dann begleitete er mich zur Tür, schloss die Haustür mit meinem Schlüssel, der aus meiner Hosentasche gebaumelt hatte, auf, klopfte mir erneut auf die Schulter, diesmal fühlte es sich vertrauter an, machte auf dem Absatz kehrt, und fuhr, ohne dass ich etwas bezahlt hatte, davon und ich stand da, in meinem Flur, und wusste nicht, was ich jetzt tun sollte. Ich hatte es nicht geschafft, konnte es nicht beenden und nicht in die Normalität zurückkehren, und was sollte ich jetzt tun?

32

Am nächsten Tag, heute, zunächst ein Déjà-vu. Ich fühlte mich genau wie gestern, vor dem Termin, beschissen, mir war schlecht, ich konnte kaum aufstehen, quälte mich durch die Morgenaufgaben und als die Kinder weg waren, auf dem Weg zum Kindergarten und zur Schule, wählte ich wieder die 2882. Es war nicht der gleiche Taxifahrer wie gestern, natürlich nicht, ich war trotzdem etwas enttäuscht, dieser sagte nicht mal Guten Morgen und guckte grimmig, was egal war, dieses Mal brauchte ich niemanden, der mich zurück fuhr.

Auf dem Weg zum Osman 30 im Mediapark in Köln vibrierte unerwartet mein Handy in der Tasche, die neben mir auf der Rückbank lag. Ich weiß nicht, warum ich es mitgenommen hatte, ich kannte die Nummer nicht und ging sinnloserweise dran. Es war die Praxis, die wissen wollte, ob mir etwas dazwischen gekommen war, weil ich nicht zum Termin erschienen war und anstelle zu antworten, legte ich einfach auf, was hätte ich denn sagen sollen. Kurze Zeit später klingelte es wieder, und ich wurde wütend und wollte das Handy, das ich nicht mehr brauchen würde und mich jetzt nervös machte, gerade aus dem Fenster schmeißen, als ich die Nummer aus dem Büro sah, bestimmt wollte man wissen, warum ich schon den zweiten Tag nicht zur Arbeit erschien. Ich ließ es klingeln, bis die Mailbox dran ging, schrieb anschließend per SMS ich sei krank und würde mich wieder melden, wenn ich beim Arzt gewesen war, was sollte ich auch schreiben. Dann war da die Mülltonne vor dem Eingang zum Kölnturm, in die meine Hand, ohne mich zu fragen, meine Handtasche geschmissen hatte und so stehe ich jetzt hier, eine Frau ohne Identität kurz vor dem Sprung mit Gedanken an die letzten Jahre auf der Suche nach Argumenten.

In der Nacht zuvor, als ich nicht schlafen konnte, Schwitzen und Herzsprünge, der übliche Wahnsinn, war da plötzlich die Klarheit über das, was zu tun ist. Nach endlosen Gedanken, Vorwürfen, Hass, Wut, jahrelanger Zerrissenheit und Suche, endlich das Gefühl zu haben, das sich richtig anfühlt, dass sich in mir ausbreitet, wohlig warm, wie eine gemütliche Decke, nach so viel Zeit des Grübelns und Herzattacken und Atemnot und Engegefühl und im falschen Kopf und falschen Leben steckend, unfähig etwas zu ändern, was Perspektive hat und von Dauer ist und sich richtig anfühlt.

Dann, als sich ein Fuß von der Kante löst und den ersten Schritt machen will, verkrampft sich mein Körper, wird starr, kann nicht weiter, vielleicht weil ihm klar wird, dass ich so nichts bin, nichts sein kann und nach Überwindung der Höhe, nach dem Aufprall, nur noch in Resten vorhanden sein werde, was bedeutet, dass meine

Familie vielleicht nie erfahren wird, was passiert ist, weil das, was da liegt, nichts bei sich trägt, was auf eine Identität schließen lässt. Ich habe nicht einmal einen Abschiedsbrief hinterlassen, zu Hause, für meine Familie, was hätte ich auch reinschreiben sollen, außer, dass es mir leid tut, was erbärmlich ist, es aber eigentlich auch ganz gut trifft, denn was sind denn nennenswerte, erklärende Gründe, ich habe ein gutes Leben, ich bin kein schlechter Mensch, habe mich nur verirrt, Fehler gemacht, und den richtigen Weg nicht wieder gefunden, insofern es so etwas überhaupt gibt. Und dann, als die Sonne hinter dem Cinedom aufsteigt, den Tag erhellt, mir ins Gesicht leuchtet und alles in ein anderes Licht taucht, macht der Fuß, der vorhin nach vorne gehen wollte, einen Schritt zurück, berührt dann wieder den Boden der Terrasse des Restaurants, dann folgt der andere Fuß und ich habe wieder festen Boden unter den Füßen, der mir Halt gibt.

Und doch stürzt sich ein Teil von mir nach unten, unsichtbar, ohne dass jemand es mitbekommt oder es unten, in 108 Metern Tiefe, einen Aufprall gäbe. Das, was da über die Reling springt, sich von mir trennt, einen eigenen Weg nimmt, der nichts mehr mit mir zu tun hat, sind die negativen Gedanken, das Verwirrende, das Unsichermachende, das Infragestellende, das Defizitorientierte.

Das, was noch da ist, als ich schließlich dort, wo Teile von mir zerschellt sind, auf den Platz vor dem Kölnturm trete, ist meine Handtasche, wer sollte auch aus einem Mülleimer etwas mitnehmen, stattdessen ist der Taxifahrer wie erwartet weg, was gut ist, ich mochte ihn eh nicht. Und als ich schließlich in ein anderes Taxi steige, auf dem Weg nach Hause noch einen Abstecher zu dm mache, an der Kasse den Schwangerschaftstest, der es offiziell machen und Heinz zu einem Teil der Geschichte machen wird, bezahle, lasse ich alles hinter mir, befreie mich von allem was war, Zweifeln, Kompliziertem, Suchenden, gehe zurück in ein einziges Leben und nehme mir nur die Wahrheiten mit, die es braucht, um dort glücklich sein zu können.

- ENDE -